हिन्द पॉकेट बुक्स

हिन्दी के लोकप्रिय

गीतकार

गोपालदास नीरज हिन्दी साहित्यकार, शिक्षक एवं कवि सम्मेलनों के मंचों पर काव्य वाचक एवं फ़िल्मों के गीत लेखक थे। नीरज का जन्म 4 जनवरी 1925 को ब्रिटिश भारत के संयुक्त प्रान्त आगरा व अवध, जिसे अब उत्तर प्रदेश के नाम से जाना जाता है, में इटावा जिले के ब्लॉक महेवा के निकट पुरावली गाँव में बाबू ब्रजकिशोर सक्सेना के यहाँ हुआ था। वे पहले व्यक्ति थे जिन्हें शिक्षा और साहित्य के क्षेत्र में भारत सरकार ने दो-दो बार सम्मानित किया, पहले पद्म श्री से, उसके बाद पद्म भूषण से। यही नहीं, फ़िल्मों में सर्वश्रेष्ठ गीत लेखन के लिये उन्हें लगातार तीन बार फिल्म फेयर पुरस्कार भी मिला। उत्तर प्रदेश की अखिलेश सरकार ने नीरज को भाषा संस्थान का अध्यक्ष नामित कर कैबिनेट मन्त्री का दर्जा दिया था। नीरज ने दिल्ली के एम्स में 19 जुलाई 2018 की शाम लगभग 8 बजे अन्तिम सांस ली।

हिन्दी के लोकप्रिय

गीतकार

संकलन एवं सम्पादन

नीरज

डॉ. किरन सिंह

हिन्द पॉकेट बुक्स

पेंगुइन रैंडम हाउस इम्प्रिंट

हिन्द पॉकेट बुक्स

यूएसए। कनाडा। यूके। आयरलैंड। ऑस्ट्रेलिया। सिंगापुर
न्यू ज़ीलैंड। भारत। दक्षिण अफ्रीका। चीन

हिन्द पॉकेट बुक्स, पेंगुइन रैंडम हाउस ग्रुप ऑफ़ कम्पनीज़ का हिस्सा है,
जिसका पता global.penguinrandomhouse.com पर मिलेगा

पेंगुइन रैंडम हाउस इंडिया प्रा. लि.,
चौथी मंजिल, कैपिटल टावर -1, एम जी रोड,
गुड़गांव 122 002, हरियाणा, भारत

पेंगुइन
रैंडम हाउस
इंडिया

प्रथम संस्करण हिन्द पॉकेट बुक्स द्वारा 2009 में प्रकाशित
यह संस्करण हिन्द पॉकेट बुक्स में पेंगुइन रैंडम हाउस द्वारा 2022 में प्रकाशित

10 9 8 7 6 5 4 3 2

ISBN 9789353495787
मुद्रकः रेप्रो इंडिया लिमिटेड

www.penguin.co.in

MIX
Paper from
responsible sources
FSC® C047271

This is a legitimate digitally printed version of the book and therefore might not
have certain extra finishing on the cover.

भीतर के पृष्ठों में

प्राक्कथन

गीत का अर्थ है समगति संतुलन। उपन्यास या नाटक की रचना प्रक्रिया में रचनाकार परकाया प्रवेश करता है। मुख्यतः दूसरे के सुख-दुःख को अपना बना कर लिखता है, किंतु कविता में अपने सुख-दुःख को दूसरे में प्रत्यारोपित करता है। अपने हृदय के भावों से दूसरे के हृदय को आंदोलित करता है। आसान शब्दों में कहें तो उपन्यास या नाटक में लेखक दूसरे के साथ अपने को मिलाता है, किंतु कविता में कवि अपने साथ दूसरे को मिलाता है। कविता में आत्म तत्व की प्रधानता होती है गद्य में पर तत्व की। भावों से भावों को आंदोलित करना ही सृजनशीलता है, प्रेम है, कविता है।

कविता के अनेक भेद किये गये हैं, किंतु स्थूल रूप से हम इन्हें छंदबद्ध और छंद मुक्त में बांट सकते हैं। इस संग्रह के लिये ऐसी कविताओं का चयन किया गया है, जो छंदों का लय स्वीकार करते हुए भी अपनी विशेषताओं के साथ स्वतंत्र हैं। 'छंद' शब्द रूढ़ार्थव्यंजक अवश्य है, परंतु गीत या कविता रूढ़ नहीं होती, क्योंकि प्रत्येक कविता अपने भावप्राण के साथ नवीन भाषा, छंद, लय का कलेवर पहनती है। इस कारण इसका पुनः पुनः पुनर्जन्म होता है। यह चिर युवा है, चिर नवीन है।

गीतों का जन्म लोकगीत से हुआ है। लिखित साहित्य का उद्गमस्थल मौखिक परंपरा है। गीतों के प्राचीनतम रूप को हम संहिताओं में ढूंढ़ सकते हैं। वैदिक ऋचाओं के गायन में संतुलित उच्चारण द्वारा संगीत तत्त्व की रक्षा की गई है, किंतु संगीतात्मकता के साथ गीत को प्रधान गुण होता है–वैयक्तिक विक्षोभ का प्रस्फुटन। संहिताओं में इसका अभाव है। इस दृष्टि से कालिदास के मेघदूत को गीत के निकट कहा जा सकता है। मेघदूत की अन्तर्वस्तु कलात्मक होने के साथ भावुकतापूर्ण भी है। संस्कृत साहित्य में जयदेव के गीत गोविंद को गीति काव्य के सर्वाधिक निकट माना जा सकता है। मैथिली कवि विद्यापति से हिंदी गीतों की परंपरा प्रारंभ होती है। हिंदी साहित्य कोश के अनुसार विद्यापति हिंदी के प्रथम गीतकार हैं। निर्गुण भक्त कवियों ने ब्रह्म को प्रिय मानकर स्वयं को उसकी प्रिया स्वीकार किया है। कबीर ने प्रेमभक्ति में डूबकर जो गीत लिखे हैं उनमें गहरा आवेग और रसात्मकता है। कबीर के पद तीव्र अनुभूतियुक्त हैं। संत कवियों के गीतों से यथार्थवादी गीतों की धारा प्रवाहित होनी प्रारंभ होती है। वैष्णव भक्त कवियों के राम काव्य एवं कृष्ण काव्य में सामाजिक विडंबनाओं के प्रति क्षोभ एवं प्रिय से विरह की वेदना के साथ जीवन का उल्लास एवं मिलन का उत्सव भी है। रीति काल का वातावरण मुक्तक काव्य के अनुकूल था, अतः उस काल में मुक्तक काव्य का ही विकास मिलता है। स्वतंत्रता संग्राम के दिनों में गीत रचना का उद्देश्य अत्यंत उदात्त था। उस समय रचे गये गीतों का लक्ष्य सामाजिक जड़ता को दूर करना, गौरव भाव

जगाना, शोषण के प्रति जागरूक करना और अपनी स्वतंत्रता के लिये एकजुट होकर बलिदान देने के लिये प्रेरित करना था। आह्वान गीत, उद्‌बोधन गीत, जागरण गीत या इंकलाबी गीत मंत्र जैसा असर करते थे। प्रगतिवाद के दौर से गीत विचार प्रधान होने लगे और संगीतात्मकता शनैः-शनैः क्षीण होने लगी। सामाजिक विषमताओं के प्रति चेतना, पुरातन काव्यादर्शों के प्रति अस्वीकृति एवं नवीन प्रतिमान ढूंढ़कर कविता से साम्य मिलाने की चेष्टा इत्यादि प्रयोगवादी कविता की प्रमुख प्रवृत्तियां हैं। प्रयोगवादी कविता के नये प्रयोगों में बहुधा ऋजुता का अभाव एवं सौंदर्यबोध में कमी है।

वर्तमान कविता एक सूक्ष्म क्षण की अनुभूति के मनोवैज्ञानिक विश्लेषण की कविता है। आधुनिक कवि का यह दावा है कि वह अपनी अभिव्यक्ति में ईमानदार है। यह ईमानदारी का दावा कहां तक सत्य है कहना कठिन है। आज का आदमी बात, व्यवहार, कार्य में कुछ और होता है और कविता में वह शब्दों का लिबास पहन कर सभ्य बन जाता है। पुनः अपनी जटिलता के कारण आधुनिक कविताएं जनता में घुलमिल नहीं पा रही हैं। इन सबके बावजूद अपनी जीवटता में ये कवि साधुवाद के पात्र हैं। नई कविता के कवि को कविता से न तो अपेक्षित पैसा मिल रहा है और न जनप्रिय वाहवाही, फिर भी वह लिख रहा है प्रचुर और अनवरत।

बुद्धिजीवियों की चिंता का विषय यह है कि गीत लुप्त होते जा रहे हैं। कविता का महत्त्व पहले जैसा नहीं रह गया है। कविता और कवि किसी भी देश की उस सेना

की तरह हैं जिसमें सिविलियन अपने बच्चों को भेजना नहीं चाहते, किंतु जब संकट की घड़ी आती है, तो जवानों की आरती उतारी जाने लगती है, उनका अभिषेक किया जाने लगता है। कविता उस छिपे हुए धन की तरह है, जो मुसीबत में दम देती है। आचार्य रामचंद्र शुक्ल का यह कथन कि भक्तियुगीन काव्य का प्रादुर्भाव तद्‌युगीन निराशा को दूर करने के लिये हुआ था, मुझे उचित जान पड़ता है। भक्तिकालीन काव्य के विस्तार के कई महत्त्वपूर्ण कारणों में से एक कारण उस युग में छाई पस्ती को दूर करना था। छायावादी कविता को शक्ति का काव्य कहा जाता है। गुलामी के कारण उत्पन्न हीन भावना, भय और दुर्बलता को दूर करने के लिए शक्ति का काव्य उस समय की आवश्यकता थी। कहते हैं जब समाज निश्चित मन से जीवन व्यतीत कर रहा होता है तो साहित्य कला और संगीत की उन्नति होती है। मेरे विचार से श्रेष्ठ, कला का निर्माण तब होता है जब मनुष्य पीड़ा में होता है। उस पीड़ा का कारण सामाजिक हो सकता है और वैयक्तिक भी। शाहजहां का काल स्वर्णयुग अवश्य था, किंतु ताजमहल का निर्माण अकालपीड़ित मजदूरों को रोज़गार देने के लिये हुआ था। उद्देश्य की महानता ही कला को महान बनाती है। रामचरितमानस की रचना रामराज्य लाने के उद्देश्य से की गयी थी। भ्रमर गीत का उद्देश्य स्त्री को बंधन मुक्त करना, कबीर काव्य का उद्देश्य व्यवहार और धर्म में आये दोहरापन को दूर करना तथा कामायनी का उद्देश्य द्वंद्वों में समरसता लाना था।

लोकप्रिय एवं सम्मानित साहित्यकार **धनंजय सिंह** लिखते हैं–

ये गीतों की दुनियावाले
बस भावुकता में जीते हैं।
मुस्कान लुटाते फिरते हैं,
छिप-छिप कर आंसू पीते हैं।
इनके सारे सुंदर सपने
निष्ठुर क़दमों से दले गये।
तुम कहते हो तो सच होगा
अब गीतों के दिन चले गये।

आज कविता के पिछड़ जाने का प्रमुख कारण समकालीन समाज में भावप्रवणता में कमी, रसग्राह्यता के लिये अवकाश न होना, भौतिकवादी, यांत्रिक सभ्यता का पनपना है। अर्थप्रधान आज के युग में साहित्य (आज-कल के कविता सम्मेलनों की कविता, जिसे शायद ही साहित्य कहा जा सके, को छोड़कर) अर्थोपार्जन का मुख्य साधन नहीं है। गीत के आलोचकों का कहना है कि गीत में मात्रा, यति, गति, लय इत्यादि के निर्वाह के कारण भाव प्रकाशन ईमानदारी से नहीं हो पाता। **रामावतार त्यागी** ने ऐसे आलोचकों के प्रति लिखा है–

स्वर्ण को खोटा-खरा
कस कर बताती है कसौटी
पर कसौटी एक पत्थर है
स्वयं कंचन नहीं है
गीत के आलोचकों को
यह समझ आता नहीं क्यों
छंद गीतों की व्यवस्था–
मात्र है, बंधन नहीं है।

जो सोचकर लिखने के लिये लिखा जाये वह गद्य है। जिसको लिखे बिना रहा न जाये वह कविता है। **पद्मभूषण डॉ. गोपाल दास नीरज** ने गीत को परिभाषित करते हुए लिखा है–

गीत तो अस्तित्व का नवनीत है।
ध्वनिरहित ध्वनि का अमर संगीत है।।

दिलों-दिमाग में पहरों मथानी चलती है तब कहीं जाकर चुटकी भर गीत का जन्म होता है। भाव-हृदय के मेहमान हैं जिनका स्वागत यदि न किया जाये तो वे लौट जाते हैं। रामावतार त्यागी के शब्दों में कहें तो–

कोश में सबसे अधिक हैं शब्द लेकिन
कोश को कविता कहा जाता नहीं है
काव्य उस अनुभूति का संयत प्रकाशन
बिन कहे जिसको रहा जाता नहीं है।

गीत का प्राण तत्त्व होता है–लय। यह संपूर्ण सृष्टि लय में चलती है। आकाशगंगा के सभी ग्रह एक निश्चित लय में सूर्य की परिक्रमा करते हैं। ऋतुएं एक के बाद एक आती-जाती हैं। पानी, हवा, सम गति से बहते रहते हैं। प्राण वीणा के तार भी श्वास-निःश्वास के राग पर संयत धुन में बजते रहते हैं। यह लय को शब्द देना ही–गीत है। गीत–प्रकृति, आकाशगंगा और प्राणों के लय का शब्दों में भाव प्रकाशन है।

गीत में भाव-भाषा और वातावरण की अन्विति होती है। जैसा भाव होता है पृष्ठभूमि में तदनुरूप वातावरण का निर्माण किया जाता है और वातावरण निर्माण का यह कार्य भाषा करती है। महाकवि नीरज गीत को मंत्र मान कर उसके आनंद को आध्यात्मिक रूप देते हुए कहते हैं–

जहां नहीं सामर्थ्य शब्द की
वहीं गीत का हुआ जनम है।
लिख जाये तो एक मंत्र है
लिखा न जाये तो शबनम है।

इस संकलन में अनेक ऐसे कवि हैं, जिन्होंने गीत की ध्वजा को बड़े सम्मानपूर्वक वहन कर आगे बढ़ाया है। अभी गीत विरल तो ज़रूर हो गया है, क्योंकि आज समाज की विद्रूपताओं के कारण हास्य-व्यंग्य प्रधान होता जा रहा है, लेकिन जैसा कि परिवर्तन प्रकृति का नियम है, गीत पुनः शनैः-शनैः गति पकड़ रहा है। गीत के स्वागती रसिक जनों की संख्या बढ़ रही है। गीत चिरायु है।

आयु है जितनी समय की गीत की उतनी उमर है
चांदनी जबसे हंसी है रागिनी तबसे मुखर है
ज़िंदगी गीता स्वयं है जान लें गाना अगर हम
हर सिसकती सांस लय है हर छलकता अश्रु स्वर है।

इस संग्रह में वे गीत सम्मिलित हैं जो पूर्व में ही प्रतिष्ठित हो चुके हैं। वे कवि हैं, जिन्हें मान-सम्मान से देश-विदेश में बुलाया जाता है। जीवन का निर्विवाद लक्ष्य है आत्मिक सुख प्राप्त करना। फिलहाल कविता, रचयिता को और थोड़े भी पाठकों, श्रोताओं को आत्मिक सुख दे जाती है, तो कविता की क्या स्थिति है इसकी विवेचना में जाने की बहुत आवश्यकता नहीं है। गीतों द्वारा समगति संतुलन का अभ्यास जीवन को समरस बनाएगा।

डॉ. किरन सिंह
3/226 विश्वास खंड, गोमती नगर, लखनऊ
फोन : 09936564250

बलराम श्रीवास्तव

जन्म दिन : 30 दिसंबर, 1970

शिक्षा : एम.एस-सी. (प्राणि विज्ञान) बी.एड्.

पिता : श्री रामनारायण श्रीवास्तव

माता : श्रीमती सुहागवती देवी

सम्प्रति : बेसिक शिक्षा विभाग (उ.प्र.) में अध्यापक संस्थापक श्री नारायण विद्या आश्रम, किशनी एवं स्वतंत्र लेखन।

साहित्यिक उपलब्धियां : 'मन तुम्हारे पास है' (गीत संग्रह), 'ये तिरंगा रहे, हम रहें न रहें' (मुक्तक संग्रह)। प्रतिष्ठित मंचों पर काव्य-पाठ, आकाशवाणी एवं दूरदर्शन से रचनाओं का प्रसारण।

पुरस्कार व सम्मान : महामहिम राष्ट्रपति महोदय द्वारा भारत स्काउट अलंकरण, उ.प्र. हिंदी साहित्य सम्मेलन द्वारा सम्मानित अक्षय साहित्य सम्मान (फतेहपुर), सरस्वती साधना परिषद् द्वारा विश्वनाथ हजेला सम्मान, तरुण समाज जयपुर द्वारा गीत रत्न सम्मान, इटावा हिंदी सेवा निधि से

		महामहिम राज्यपाल, उत्तरांचल श्री सुदर्शन अग्रवाल द्वारा शिवदत्त चतुर्वेदी –प्रहलाद यदुवंशी सम्मान, मानस संगम कानपुर द्वारा सम्मान, हिंदी विकास परिषद, विधूना द्वारा बालेंदु सम्मान इत्यादि।
संपर्क सूत्र	:	सदर बाजार, किशनी, जिला-मैनपुरी पिन कोड नं.-206302 (उ.प्र.)
मोबाइल	:	9412442319

घायल तब-तब संबंध हुए

जब-जब टूटे मन के धागे,
घायल तब तब संबंध हुए।
घायल आंसू की भाषा में,
विरहन मीरा के छंद हुए॥

विसरी यादों के गहनों से,
मैं तुम्हें अलंकृत करता हूं।
जो बीन प्यार की बज न सकी,
स्वर देकर झंकृत करता हूं
जो लिखे प्रीति के पृष्ठों पर,
धूमिल सारे अनुबंध हुए॥
जब-जब टूटे मन के धागे,
घायल तब-तब संबंध हुए।

कल-कल-मय मधु धाराओं में,
सरगम का स्वर तो साध लिया।
पीड़ा की अंतस लहरों में,
मैंने जीवन को बांध लिया॥
तुम नीर विहीन बनी सरिता,
और हम सूने तटबंध हुए।

जब-जब टूटे मन के धागे,
घायल तब-तब संबंध हुए॥

जीवन कारा में क़ैद हुई,
रश्मियां निहारा करता हूं।
यादों की ज्योर्ति दीप लिये,
आरती उतारा करता हूं॥
झुलसे मन उपबन के प्रसून,
मुझ पर इतने प्रतिबंध हुए।
जब-जब टूटे मन के धागे,
घायल तब-तब संबंध हुए॥

आंखों में गंगा का पानी

राम चरित मानस सा अंतस,
देह नेह में जड़ी कहानी।
पोर-पोर चौपाई लगतीं,
आंखों में गंगा का पानी॥

मैं तो राही अटका-भटका
मन मंदिर का मिला सहारा
धार तुम्हारी में बह कर के
मिल जायेगा मुझे किनारा
रसना पर श्लोक का अंकुर
अधरों पर गीता की वानी
राम चरित मानस सा अंतस
देह नेह में जड़ी कहानी

सुरभित काया ऐसी जैसे
कोई काव्य प्रबंध लिखा हो
भाल चंद्र सा दीपित जिस पर
पावन प्यार निबंध लिखा हो
मोहक दृष्टि-दृष्टि पर पड़ कर
लोहू को मिल गयी रवानी

राम चरित मानस सा अंतस
देह नेह में जुड़ी कहानी

पावों में पायल की रुनझुन
जैसे देवालय में नर्तन
हाथों में मेहंदी मुस्काती
सुर्ख कपोल किये आकर्षण
तुलसी दल मुस्कान बिखेरे
लगती ज्यों संगीत जवानी
राम चरित मानस सा अंतस
देह नेह में जड़ी कहानी।

मुझे मुस्कान दे देगा

हमारे दिल की धड़कन पर
तुम्हारा नाम लिख जाये
तुम्हारे प्यार का पारस
मुझे मुस्कान दे देगा॥

मैं राही हूं अकेला पर
तुम्हारा चाहता सम्बल
अभावों की कुटी मेरी
मगर है भावना निश्छल
मुझे विश्वास है तुम पर
तुम्हारी भावना का स्वर
हमारे डूबते मन को
कोई जल यान दे देगा॥
तुम्हारे प्यार का पारस
मुझे मुस्कान दे देगा॥

सृजन की राह पर हमने
रखे हैं सच क़दम जब से
मुझे पीड़ा में उतराते
नयन ही हैं मिले तब से
मुझे विश्वास है तुम पर

तुम्हारे हाथ का चंदा
भेद दे मीन का जो दृग मुझे
वह वान दे देगा
तुम्हारे प्यार का पारस,
मुझे मुस्कान दे देगा॥

रखो मत दूरियां तन की
मिलो मन से बने संगम
लिखो हर पृष्ठ पर फिर से
धरा पर प्यार ही सत्यम
मुझे विश्वास है तुम पर
तुम्हारे भाव का उद्गम
रहे जो हृदय अंकित
वही सम्मान दे देगा।
तुम्हारे प्यार का पारस,
मुझे मुस्कान दे देगा॥

नव स्वरों का साज दे दो

रूप की ले धूप संग में
पास मेरे बैठ जाओ
गुनगुनी सी रश्मियों को
नव स्वरों का साज़ दे दो॥

मैं नवेली पांखुरी हूं।
अधर का सम्मान लिख दो॥
मोर पंखी तूलिका से
नैन का विज्ञान लिख दो॥
राधिका सी साधिका को
श्याम का अंदाज़ दे दो।
नव स्वरों का साज़ दे दो॥

प्यास का पर्याय हूं मैं
तृप्ति का प्रतिदान दे दो
मैं तुम्हें कैसे पुकारूं
तुम मुझे उपनाम दे दो॥
क़ैद में पंछी अकेला
मुक्ति का आकाश दे दो॥
नव स्वरों का साज़ दे दो॥

केशरी नाथ त्रिपाठी

जन्म दिन : 10 नवंबर, 1934

शिक्षा : बी.ए., एल.एल.बी.

पिता : स्व. पंडित हरिश्चंद्र त्रिपाठी

माता : स्व. श्रीमती शिवा त्रिपाठी

कार्यक्षेत्र : न्याय, राजनीति, साहित्य, समाज सेवा, शिक्षा के क्षेत्र में सक्रिय। पांच बार उ.प्र. विधान सभा के सदस्य निर्वाचित। 1977 से 1979 तक संस्थागत वित्त एवं बिक्री कर मंत्री, वर्ष 1991 तथा 1997 में दो बार उ.प्र. विधानसभा के अध्यक्ष निर्वाचित इत्यादि।

साहित्यिक उपलब्धियां

: 'मनोनुकृति', 'आयु पंख' एवं 'चिरन्तन' काव्य संग्रह प्रकाशित। 'दि इमेज़ेज़' अंग्रेज़ी भाषा में मनोनुकृति का अनुवाद प्रकाशित। 'दि रिप्रेज़ेन्टेशन ऑफ़ पीपुल एवन्ट, 1951' पर अंग्रेज़ी में व्याख्यात्मक पुस्तक।

		उ.प्र. हिंदी संस्थान के पूर्व कार्यकारी अध्यक्ष।
		हिंदी के प्रचार-प्रसार के लिए देश-विदेश की यात्राएं। लंदन, बर्मिंघम, मैनचेस्टर, न्यूयार्क, टोरंटो इत्यादि स्थानों पर आयोजित कवि सम्मेलनों में अध्यक्ष एवं मुख्य अतिथि के रूप में काव्य पाठ।
पुरस्कार एवं सम्मान	:	'भारत गौरव सम्मान' 'विश्वभारती सम्मान', 'उत्तर प्रदेश रत्न', 'हिंदी गरिमा सम्मान', 'आचार्य महावीर प्रसाद द्विवेदी सम्मान', 'साहित्य वाचस्पति सम्मान', काव्य कौस्तुभ सम्मान इत्यादि।
संपर्क सूत्र	:	12-बी, डॉ. लोहिया मार्ग, इलाहाबाद-211001
मोबाइल	:	9415214400

स्वागतम्

रुनझुनी पायल
खनकती चूड़ियां
भर रहीं जैसे
कुलांचे हिरनियां
मेघ ने ऐसा भिगोया तन
जेठ की हर ली तपन।

चपल सौदामिनी
हृदय-नभ भेदती
दे रही है टीस
ऐसी विरह की
आभास से
पुलकित हुआ है मन।

कल्पना है नर्तकी
प्रिय आस में
उड़ रहा मन
विहग सा आकाश में
यह प्रतीक्षा दे रही
हर रोम में कंपन।

मिल गई क़मनीयता को
एक परिभाषा नई
चंचली सी चाल में
मिलती हैं अभिलाषा कई
सावनी अंगड़ाइयों में,
टूटता है तन।

फुहारें रिमझिमाकर
गुदगुदाकर
कह रही हैं
खोल दो
स्वागत में प्रिय के
आज तो आंचल।

राजनीति

खामोश रहो,
घर जलता है जल जाने दो
यह राजनीति है
लाशों पर इठलाने दो।
यह शब्दभला कैसे आए
कैसे तेरे मन को भाए
मर गई आत्मा क्या तेरी
गर्वित अतीत को बिसराए।
हे आर्यपुत्र, यह मत कहना
कि यह मेरी मजबूरी है
बेहिचक सत्य स्वीकार करो
कि यह तेरी कमजोरी है।
किसने तुम्हें सिखाया यह सब
निद्रा में डूबे रहना
चूहे मां का आंचल कुतरें
दरबों में ही दुबके रहना।।
सिंहासन ही सर्वोपरि है
क्या तुमने यह स्वीकार किया
जयचंद देश में भर जाएं
क्या तुमने अंगीकार किया?
सीमाओं पर जब लहू बहे

तब शांति वार्ता क्यों होती
जब विजय वीर पुत्रों की हो
सीमाएं क्यों छोटी होतीं।
समझौतों की वेदी पर क्यों
सम्मानों की चढ़ती लाशें
मरघट की शांति बुलाने को
अपमानों की होती बातें।
सत्ता स्थिर थी कभी नहीं
यह तो बस आनी-जानी है
सब कुछ कल हल हो जाएगा
ऐसी बातें नादानी है।
कल-कल की रट रटते-रटते
सांपों को कितना पाल लिया
भर गए खेत खलिहानों में
हर गांव शहर में डाल दिया।
इनके फन अब मत कढ़ने दो
इनको सिर अब मत चढ़ने दो
वरना भारत मिट जाएगा
हम सब का सिर झुक जाएगा।
असमंजस की प्राचीरों को
तोड़ो, बढ़कर आगे आओ
बलिदानी गाथा का गुंजन
सुन मोह-भंग अब कर जाओ।
है मृत्यु वरण का आमंत्रण
लो बजी वही रणभेरी है
जन-जन के कंठों की पुकार
यह मातृभूमि तो मेरी है।

तर्पण

एक व्यक्ति है
दो आवाजें
चंचल मन की
और बुद्धि की।
दोनों आपस में
अलग-अलग हैं
सोच अलग है
क्षेत्र अलग है।
एक बहकती
बहुत मचलती
बाह्य तरंगों से
आह्लादित।
ललक, लालसा
इसे घुमाएं
नए प्रलोभन
सदा लुभाएं।
और दूसरी
कसती सबको
ठोस तर्क पर
रखती सबको।
सदा ढूंढ़ती

मूल तत्त्व को
मिथ्या में भी
छिपे सत्य को।
फिर चिंतन की
आदि क्रिया को
करे नियोजित
देकर गति को।
मन को मति से
करे संयमित
कर दोनों को
साथ समन्वित।
करें लक्ष्य प्रति
पूर्ण समर्पण
दोहरे जीवन का
कर तर्पण

अपरिचित संवेदना

मैंने दी आवाज
सभी को दूर कहीं से
पर्वत को, वन, वायु
सभी को, हर मानव को।
किसने मेरा स्वर पहचाना?
किसने मेरे मन को जाना?
हृदयहीन मैं किसको मानूं?
तुमको मैं कैसे पहचानूं?
लौटी मेरी आवाज
शिला से जब टकराकर,
दे रही मुझे आभास
सुना है उसने खुलकर।
पत्थर से उसके उर में भी
स्पंदन भरपूर कहीं है,
आतुरता से आप्लावित
उसकी ध्वनि भी दूर नहीं है।
पर असहाय स्वयं को पाकर
नहीं कुहासा मुझे दिखाया,
आगे संप्रेषण को उसने
सहज ही स्वर मेरा लौटाया।
गूंजी थी मेरी कराह

वृक्षों में, वन में,
आंसू बनकर ओस गिरे
पल्लव-पल्लव पर कानन में।
चली वायु भी सुनकर
मेरा पीड़ा-क्रंदन,
तरु हिले झाड़ियों, दूबों में भी
देखा मैंने अद्‌भुत कंपन।
सहभागी बनकर मेरी बात
उन्होंने सुन ली,
आत्मसात कर मेरे स्वर को
मेरी सकल कहानी सुन ली।
कुछ इनमें निर्जीव
किंतु कुछ प्राणयुक्त हैं
पूर्वग्रह से ग्रसित नहीं
सब दोषमुक्त हैं।
पर तुमने मुझको सुना नहीं
जीवित होकर भी
जिसको चेतन समझा मैंने
जड़ क्यों हुआ वही ही?

आत्म प्रकाश शुक्ल

जन्म दिन	:	1 सितंबर, 1938
पिता	:	स्व. श्री बाबूराम शुक्ल
माता	:	श्रीमती ब्रह्मा देवी
शिक्षा	:	एम.ए. (अंग्रेजी साहित्य)
सम्प्रति	:	सेवानिवृत्त प्रधानाचार्य (डी.ए.वी. कॉलेज, अलीगंज, एटा)
साहित्यिक उपलब्धियां	:	'आतम की धुन न्यारी' (गीत संग्रह), 'नहीं मरूंगी मैं' (गीत संग्रह) प्रकाशित। 'आत्म प्रकाश संपूर्ण', देश -विदेश में काव्य पाठ, आकाशवाणी, दूरदर्शन पर प्रसारण, धर्मयुग, साप्ताहिक हिंदुस्तान, नवनीत, कादम्बिनी इत्यादि में प्रकाशन।
पुरस्कार एवं सम्मान	:	अनेकों पुरस्कार एवं सम्मान प्राप्त हो चुके हैं, जिनमें मुख्य हैं– 'लोक नायक पुरस्कार' (बंबई), 'काका हाथरसी पुरस्कार' (ब्रज भाषा का प्रथम पुरस्कार) इत्यादि एवं राष्ट्रपति द्वारा दो बार

सम्मानित।

संपर्क सूत्र : 254, ओ. ब्लॉक, यशोदा नगर, कानपुर (उ.प्र.)

दूरभाष : (0512) 2630058, 9839575943

कांच का खिलौना

माटी का पलंग मिला राख का बिछौना।
ज़िंदगी मिली कि जैसे कांच का खिलौना।
एक ही दुकान में सजे हैं सब खिलौने।
खोटे-खरे, भले-बुरे, सांवरे सलोने।
कुछ दिन दिखे पारदर्श चमकीले,
उड़े रंग तिरे अंग हो गए घिनौने॥
जैसे-जैसे बड़ा हुआ होता गया बौना।
ज़िंदगी मिली कि जैसे कांच का खिलौना॥

मौन को अधर मिले अधरों को वाणी।
प्राणों की पीर मिली पीर को कहानी॥
मूठ बांध आये चले ले खुली हथेली।
पांव को डगर मिली वह भी आनी जानी।
मन को मिला है यायावर मृग-छौना।
ज़िंदगी मिली कि जैसे कांच का खिलौना॥

धरा, नभ, पवन, अगिनी और पानी।
पांच लेखकों ने लिखी एक ही कहानी।
एक दृष्टि है जो सारी सृष्टि में समाई॥
एक शक़्ल की है सारी दुनिया दीवानी॥

एक मूठ माटी गई तौल सारा सोना।
ज़िंदगी मिली कि जैसे कांच का खिलौना॥

शोर भरी भोर मिली बाबरी दुपहरी।
सांझ थी सयानी किंतु गुंगी और बहरी॥
एक रात लाई बड़ी दूर का संदेशा,
फैसला सुनाके ख़तम हो गई कचहरी॥
ओढ़ने को मिला वही दूधिया उढ़ौना।
ज़िंदगी मिली कि जैसे कांच का खिलौना॥

मरन का मरघट एक है

कोई राजभवन में रोये।
कोई पर्णकुटी में सोये॥
जनम के अंगना अलग-अलग हैं, मरन का मरघट एक है॥

कोई गहरी, कोई उथली।
कोई भारी, कोई हल्की॥
सब माटी की बनी गगरियां–
ना कोई असली, ना कोई नकली॥
अलग-अलग घट भरें गुजरियां, सबका पनघट एक है॥

कहीं फिरोजी, कहीं-कहीं पीले।
लाल, गुलाबी, काले, नीले॥
किसम-किसम की तस्वीरों में।
रंग भरे हैं सूखे-गीले॥
सबके चेहरे अलग-अलग हैं, मोह का घूंघट एक है॥

खेल रहे सब आंख मिचौनी।
अपनी-अपनी हौंस उचौनी।
सोच समझकर दांव लगाते–
टाले कब टलती अनहोनी॥
अलग-अलग हैं खेल खिलाड़ी, सबकी झिरमिट एक है॥

सब जायेंगे आगे पीछे।
हाथ पसारे, आंखें मींचें।
सरग-नरक सब झूठी बातें–
ना कोई ऊपर ना कोई नीचे॥
जागें तो अनगिन अंगड़ाई, मौत की करबट एक है॥

सोना पाँव पसार है

सबका सफ़र एक है लेकिन अलग-अलग रफ़्तार है।
और एक दिन थककर सोना पांव पसार है॥
ऐसा कौन नहीं जो जूझे मौजों से मझदार से।
तैराकों की असल कसौटी परखी जाती धार से॥
दुनिया अर्घ्य चढ़ाती उन पर जिनका बेड़ा पार है॥

सबकी अपनी तीर कमानें अपना शर-संधान है।
किंतु लक्ष्य घोषित करता है किसका कहां निशान है।
मत्स्य-बेध जो करे सभा में उसकी जय-जयकार है॥

जिसकी जितनी लंबी चादर उतना ही फैलाव है।
जितना बोझ वजन गठरी से उससे अधिक दबाव है।
अपनी-अपनी लाद गठरिया जाना सबको पार है॥

दुख की करुणाभरी कथा में सुख तो सिर्फ़ प्रसंग है।
और ज़िंदगी भी जीवन से ऊबी हुई उमंग है।
सांसों का धन संघर्षों से मांगा हुआ उधार है॥

रैन बसेरा करके पंछी उड़ जाते हैं नीड़ से।
सब चुपचाप चले जाते हैं आंसू पीकर भीड़ से॥
जाना सबको राम गांव तक कर-कर रामजुहार है।
और एक दिन थककर सबको सोना पांव पसार है॥

माटी की परत चढ़ी

माटी पे माटी की परत चढ़ी।
नई खाल से जैसे खंजड़ी मढ़ी।
तृष्णा की बीन बजी ममता की चंग।
काम की पखावज पर मोह की मृदंग॥
मायाविन नटी उठी,
मद की पायल खनकी।
नट-खट मन से उठकर, ढोलक की थापों पर,
रंग भरे गीतों की जोड़ दी कड़ी।। माटी पे–

शिशुता की भोर ढली यौवन की दोपहरी।
सांझ भई सेज सजी निंदिया आई गहरी॥
जागे गति सोए इति,
क्रम-क्रम से परिवर्तित।
सांसों के मरघट पर सांझ से सकारे तक,
जोह रही बाट खड़ी मौत की घड़ी।। माटी पे–

अंतहीन सागर है प्यासी फिर भी मछली।
सतरंगी टुकड़ों में खोया नीलम असली॥
बिंदु-बिंदु चेतन है,
वृत्त तो अचेतन है,

खाली ही पड़ा रहा तन का बोझिल पिंजरा।
अनजानी खिड़की से सोनरी उड़ी। माटी पे–

नयन आंज़ अंजन से मांग भरी सिंदूरी।
अंग-अंग केसर भर पचरंग चूनर छोड़ी।।
सूना घर छोड़ चली।
रोती हर डगर चली।।
प्रीतम से मिलन को आतुर दुल्हनियां की,
आकाशी मंजिल पर पालकी बढ़ी।
माटी पे माटी की परत चढ़ी।।

किशन सरोज

जन्म : 19 जनवरी, 1939

पिता : श्री खेमानंद सक्सेना

माता : श्रीमती कुसुम

शिक्षा : स्नातक (कला)

सम्प्रति : पूर्वोत्तर रेलवे के इज्जतनगर मंडल में मुख्य यातायात निरीक्षक के पद से सेवानिवृत्त, स्वतंत्र लेखन।

साहित्यिक उपलब्धियां

: 'चंदन वन डूब गया' (गीत संग्रह) 'बना न चित्र हवाओं' (गीत-ग़ज़ल संग्रह) प्रकाशित।
शताधिक महत्त्वपूर्ण संकलनों में रचनाएं संग्रहीत।
प्रमुख समाचार पत्रों में साक्षात्कार एवं संस्मरण प्रकाशित।
प्रतिष्ठित पत्र-पत्रिकाओं में गीत प्रकाशित।
अखिल भारतीय स्तर के लगभग सभी प्रतिष्ठित कवि सम्मेलनों में काव्य-पाठ

		विभिन्न संचार माध्यमों दूरदर्शन, सब-टी.वी, एन.डी.टी.वी., स्टार, आकाशवाणी द्वारा प्रसारण। इंग्लैंड (1993) मैनचेस्टर में आयोजित यूरोप में प्रथम अंतर-राष्ट्रीय हिंदी सेमिनार में सह-भागिता। (21 दिवसीय दौरा) 'ताल-सा हिलता रहा मन' गीत रचना आधारित त्रिकोणीय प्रेम कहानी पर 'भविष्य दि फ्यूचर' दो घंटे की फिल्म का निर्माण।
पुरस्कार एवं सम्मान	:	उ.प्र. हिंदी संस्थान के 'साहित्य भूषण सम्मान' सहित अनेक पुरस्कार एवं सम्मान।
संपर्क सूत्र	:	308 आजादपुरम्, निकट हार्टमैन कॉलेज, बरेली (उ.प्र.)
दूरभाष	:	(8581) 2412004, मो. 9897420095

चंदन-वन डूब गया

छोटी से बड़ी हुईं तरुओं की छायायें,
धुंधलायीं सूरज के माथे की रेखायें;
मत बांधो, आंचल में फूल, चलो लौट चलें
वह देखो! कुहरे में चंदन-वन डूब गया

माना सहमी गलियों में न रहा जाएगा
सांसों का भारीपन भी न सहा जाएगा,
किंतु विवशता यह यदि अपनों की बात चली
कांपेंगे अधर और कुछ न कहा जाएगा;

वह देखो! मंदिर वाले वट के पेड़ तले
जाने किन हाथों से दो मंगल-दीप जले
और हमारे आगे अंधियारे सागर में
अपने ही मन–जैसा नील गगन डूब गया।

कौन कर सका बंदी रोशनी निगाहों में
कौन रोक पाया है गंध बीच राहों में
हर जाती संध्या की अपनी मजबूरी है
कौन बांध पाया है इंद्रधनुष बांहों में।

सोने-से दिन, चांदी जैसी हर रात गई

काहे का रोना जो बीती सो बात गई
मत लाओ नैनों में नीर कौन समझेगा
एक बूंद पानी में एक वचन डूब गया।

भावुकता के कैसे केश संवारे जायें?
कैसे इन घड़ियों के चित्र उतारे जायें?
लगता है मन की आकुलता का अर्थ यही
आगत के द्वारे हम हाथ पसारे जायें

दाह छुपाने को अब हर पल गाना होगा
हंसने वालों में रहकर मुस्काना होगा
घूंघट की ओट किसे होगा संदेह कभी
रतनारे नयनों में एक सपन डूब गया।

याद आये

याद आये फिर तुम्हारे केश
मन-भुवन में फिर अंधेरा हो गया

पर्वतों का तन
घटाओं ने छुआ,
घाटियों का ब्याह
फिर जल से हुआ;

याद आये फिर तुम्हारे नैन,
देह मछली, मन मछेरा हो गया

प्राण-वन में
चन्दनी ज्वाला जली,
प्यास हिरनों की
पलाशों ने छली;

याद आये फिर तुम्हारे होंठ,
भाल सूरज का बसेरा हो गया

दूर मंदिर में
जगी फिर रागिनी,

गंध की बहने लगी
मंदाकिनी;

याद आये फिर तुम्हारे पांव,
प्रार्थना हर गीत मेरा हो गया

तुम निश्चिंत रहना

कर दिये, लो, आज गंगा में प्रवाहित,
सब तुम्हारे पत्र, सारे चित्र, तुम निश्चिंत रहना

धुंध डूबी घाटियों के इंद्रधनुष तुम
छू गये नत भाल, पर्वत हो गया मन,
बूंद भर जल बन गया पूरा समंदर
पा तुम्हारा दुख, तथागत हो गया मन

अश्रु-जन्मा, गीत-कमलों से सुवासित,
यह नदी होगी नहीं अपवित्र, तुम निश्चिंत रहना

दूर हूं तुमसे, न अब बातें उठेंगी
मैं स्वयं रंगीन दर्पन तोड़ आया,
वह नगर, वह राजपथ, वे चौंक-गलियां
हाथ अंतिम बार सबको जोड़ आया;

थे हमारे प्यार से जो-जो सुपरिचित,
छोड़ आया वे पुराने मित्र, तुम निश्चिंत रहना

लो, विसर्जन आज बासंती छुअन का
साथ बीने सीप-शंखों का विसर्जन,

गुंथ न पाये कनुप्रिया के कुन्तलों में
उन अभागे मोर-पंखों का विसर्जन;

उस कथा का, जो न हो पायी प्रकाशित,
मर चुका है एक-एक चरित्र, तुम निश्चिंत रहना।

निर्जन घाट रह गये

धार बदल दूर हट गई नदिया
बस निर्जन घाट रह गये

पांवों के चक्रों को बांध सके
कब आंगन, देहरी, गवाक्ष?
आकुल अंतर के उपचार नहीं
गेरुए वसन या रुद्राक्ष;

फिर मंदिर छोड़ गया संन्यासी
फिर खुले कपाट रह गये

वक्ष से लगाया, फिर छोड़ दिया
झुक कर फिर तन गई कमान,
किस-किस से मन की अब व्यथा कहें
भटकता दिशाओं में बान;

सौदा ले लौट गई घर गोरी
अब सूने हाट रह गये

कितने दिन चले

कसमसाई देह फिर चढ़ती नदी की
देखिए, तट-बंध कितने दिन चले

मोह में अपनी मंगेतर के
समुंदर बन गया बादल,
सीढ़ियां वीरान मंदिर की
लगा चढ़ने घुमड़ता जल;

कांपता है धार से लिपटा हुआ पुल
देखिए, संबंध कितने दिन चले

फिर हवा सहला गयी माथा
हुआ फिर बावला पीपल,
वक्ष से लग घाट के रोई
सुबह तक नाव हो पागल;

डबडबाये दो नयन फिर प्रार्थना में
देखिए, सौगंध कितने दिन चले

माहेश्वर तिवारी

जन्म	:	22 जुलाई, 1939
पिता	:	स्व. श्री श्याम बिहारी तिवारी
माता	:	स्व. श्रीमती चंद्रावती
सम्प्रति	:	लगभग दो दशकों तक प्राध्यापिकी एवं पत्रकारिता से जुड़े रहने के बाद अब स्वतंत्र लेखन।
साहित्यिक उपलब्धियां	:	'हर सिंगार कोई तो हो' प्रकाशित। 'फूल आए हैं कनेरों में', 'सागर मुद्राओं पर तर्जनी' तथा 'नींद में चुपचाप' कविताएं शीर्षक से तीन संग्रह और प्रकाशित। समवेत काव्य गीत संग्रह–पांच जोड़ बांसुरी, एक सप्तक और नवगीत दशक-दो, नवगीत, अर्धशती, यात्रा में साथ-साथ, गीतायन, स्वान्तः सुखाय तथा सप्तपदी–पांच के अतिरिक्त अनेक छोटे-बड़े गीत-ग़ज़ल संकलनों में कविताएं शामिल। कल्पना, ज्ञानोदय, धर्मयुग,

साप्ताहिक हिंदुस्तान, पहल, वागर्थ इत्यादि में समय-समय पर रचनाएं प्रकाशित। आकाशवाणी दूरदर्शन के अनेक केंद्रों से अनवरत प्रसारण। देश के सभी प्रतिष्ठित मंचों से काव्य पाठ। कुछ रचनाओं का पंजाबी, गुजराती, उड़िया तथा अंग्रेजी में अनुवाद। पूर्वांचल विश्वविद्यालय के एम.ए. हिंदी पूर्वार्द्ध एवं मगध विश्वविद्यालय के बी.ए. ऑनर्स पाठ्यक्रम में रचनाएं चयनित। संदर्भ (काव्य संकलन) का संपादन। वीनस कंपनी द्वारा एक गीत कैसेट तैयार।

पुरस्कार एवं सम्मान : परिवार सम्मान (मुंबई) साहित्य-भूषण (उ.प्र. हिंदी संस्थान) सहित अनेक सम्मान प्राप्त।

संपर्क सूत्र : हरसिंगार ब/एम-48, नवीन नगर, कांठ रोड, मुरादाबाद-244001

दूरभाष : (0591) 2450733,
मो. 9456689998

घर लौट आओ

चिट्ठियां भिजवा रहा है
गांव
अब घर लौट आओ।
थरथराती गंध
पहले बौर की
कहने लगी है
याद मां के हाथ
पहले कौर की
कहने लगी है
थक चुके होंगे सफ़र में
पांव
अब घर लौट आओ
कह रही है
जामुनी मुस्कान
फूली है निबौरी
कई वर्षों बाद
खोली है
हरेपन ने तिजोरी
फिर अमोले मांगते हैं
दांव
अब घर लौट आओ

दूधिया उजास

मन का यह
दूधिया उजास
कहां रोपें
तालों भर
फैला आकाश
कहां रोपें
मौन हुईं
धूप की ऋचाएं
अक्षत-कुमकुम
हम जाकर किसे चढ़ाएं
नर्म दूब-सी अपनी घास
कहां रोपें
अक्षर-अक्षर
हुए अबोले
सूख गए
संबंधों के
नए अमोले
अपने नामों के अनुप्रास
कहां रोपें।

हर सिंगार कोई तो हो

इस रेतीले मौसम में
धारदार कोई तो हो
सिर से
पांवों तक नहला दे
मूर्छित विश्वासों वाले
पठार ढक जाएं
आकर हाथों से
सहला दे।
पातहीन डालों की
भीड़ में
हरसिंगार कोई तो हो।
उलझे बालों में
कंघी जैसा
फंसा रहे
तार-तार सुलझाने तक
खिंचा रहे
क्षितिजों पर
इंद्रधनुष
अगली ऋतु के आने तक
अपने में अपने को ढूढ़ता
बार-बार
कोई तो हो।

बजता सन्नाटा

सूने दालानों में
बजता है
अक्सर सन्नाटा
बादलहीन
हवा के झोंके
दरकी हुई दिशाएं
आंखों से
झरती हैं कितनी
मौसम की यात्राएं
नर्म हथेली में चुभता है
नागफनी का कांटा
हर दम साथ-साथ
चलता है
परछाई का टोना
दीवारों में क़ैद
पुरानी
आवाज़ों का होना
एक-एक पल हमने
कितने
नाखूनों को बांटा।

□

बादल आ गए

डबडबाई है
नदी की आंख
बादल आ गए।
ओस नम तिनकों सरीखे
दिन छुए जाते नहीं
कंपकंपी पहने हुए
पल-छिन
छुए जाते नहीं
सुबह से ही
मन हुआ जाता अंधेरा पाख
बादल आ गए।
रेत के इस छोर से
उस छोर तक
हम-तुम अकेले
जी रहे हैं
अनमने संबंध
कस्बे, शहर, मेले
मुट्ठियों में दाब कर
फिर बबूलों की शाख
बादल आ गए।

नदी का अकेलापन

खुलता है बार-बार
नदी का अकेलापन
पानी-पानी
होकर
रेत-रेत होना
लहरों का
हाथ में लिए
खाली दोना
धार-धार
खुलता है
नदी का अकेलापन
सूरज को
गोद में
बिठाए अकुलाना
सौ नए
बहानों में
एक-सा बहाना
तार-तार
खुलता है
नदी का अकेलापन

छोड़ आये

छोड़ आये
जिन्हें पतझर में
दरख्तों में नये पत्ते
आ गये होंगे।
डाल दुहरी हुई
फूलों से
नये कंधों पर झुकी होगी
सुबह आकर जहां
पल दो पल
अभी ठिठकी सी रुकी होगी
हरेपन के
नये विज्ञापन
टहनियों पर छा गये होंगे।
दूब पंजों पर
खड़ी होकर
रतजगा करने लगी होगी
उदासी लेटी
पठारों पर
धूप से डरने लगी होगी
और रेशम के
नये कीड़े
सूत कुछ उलझा गये होंगे।

बांसुरी दिन की

होंठ पर रख लो उठा कर
बांसुरी दिन की

देर तक बजते रहें
ये नदी, जंगल, खेत,
कंपकपी पहने खड़े हों
दूब, नरकुल, बेंत

पहाड़ों की हथेली पर
धूप हो मन की।

धुएं का वातावरण हो
नयी कोंपल-सा
गीत बन कर गुनगुनाये
खुरदुरी भाषा

खुले वत्सल हवाओं की
दूधिया खिड़की

श्रीकृष्ण तिवारी

जन्म	: 1 सितंबर, 1940
शिक्षा	: काशी हिंदू विश्वविद्यालय एवं महात्मा गांधी काशी विद्यापीठ वाराणसी से समाज शास्त्र विषय में उच्च शिक्षा।
पिता	: स्व. श्री सूरत तिवारी
माता	: स्व. श्रीमती सहोदरा देवी
सम्प्रति	: 'आज' समाचार-पत्र में दस वर्ष तक सहायक संपादक एवं 'सन्मार्ग' में समाचार संपादक के पद पर नौ वर्ष तक कार्य एवं लेखन।
साहित्यिक उपलब्धियां	: 1958 से कविता, कहानी एवं निबंध लेखन।
प्रकाशित कृतियां	: 'सन्नाटे की झील' (नवगीत संग्रह), 'धर और घर' (काव्य) नीलांगन आदि। 'अग्नि ऋचाएं', 'नवगीत संग्रह', 'खंडहरों की आत्मा' प्रकाशाधीन कृतियां हैं। डॉ. शंभुनाथ सिंह द्वारा संपादित 'नवगीत दशक-2', मुंबई से प्रकाशित 'काव्य-प्रसंग' में मुख्य

कवि के रूप में संकलित। धर्मयुग, साप्ताहिक हिंदुस्तान, कादंबिनी, अवकाश, साहित्य अमृत आदि पत्रिकाओं में सैकड़ों नवगीत प्रकाशित। 1958 से कवि सम्मेलनों में काव्य-पाठ, 1962 से आकाशवाणी पर काव्य-पाठ, 1985 से दूरदर्शन के अनेक केंद्रों से काव्य-पाठ। साहित्यिक एवं सामाजिक संस्थाओं में सक्रिय भूमिका। कवि सम्मेलनों का संचालन। वीर बहादुर सिंह पूर्वान्चल विश्वविद्यालय में बी.ए. एवं एम.ए. के हिंदी पाठ्यक्रम में सम्मिलित। हिंदी साहित्य समिति के निमंत्रण पर इंग्लैंड की साहित्यिक यात्रा इत्यादि।

पुरस्कार एवं सम्मान : 'साहित्य भूषण', 'नीरज पुरस्कार', 'उत्तर प्रदेश रत्न', 'गीत पुरुष' आदि दर्जनों पुरस्कार एवं सम्मान।

संपर्क सूत्र : सी/182, हबीबपुरा, चेतगंज, वाराणसी

मोबाइल : मो. 9415683717

लगता है यह दौर सांप का डंसा हुआ है

मीठी लगने लगी नीम की पत्ती-पत्ती,
लगता है यह दौर सांप का डंसा हुआ है।
मुर्दा टीलों से होकर ज़िंदा बस्ती तक
ज़ख़्मी अहसासों की नील-नदी बहती है,
प्रश्नों में खोये लोगों के कानों में अब
ताज़ा ख़बरें बनकर अफवाहें रहती हैं,
सत्ता की अंधी गलियों में उगने वाला,
हर सूरज कीचड़ में सिर तक धंसा हुआ है।
चस्पा हुआ हादसा कोई दरवाज़ों पर,
दीवारों पर इश्तहार-सा टंगा हुआ डर,
अनजानी भाषाओं का आवरण लपेटे
हिंसक पशुओं वाला जंगल-सा लगता घर,
कोई आग हरे पेड़ों में सुलग रही है,
सारा वातावरण धुएं में फंसा हुआ है।

रोज़ ज़हर पीना है

रोज ज़हर पीना है,
सर्प-दंश सहना है,
मुझको तो जीवन भर
चंदन ही रहना है।
वक़्त की हथेली पर
प्रश्न-सा जड़ा हूं मैं,
टूटते नदी-तट पर
पेड़-सा खड़ा हूं मैं,
रोज़ जलन पीनी है,
अग्नि-दंश सहना है,
मुझको तो लपटों में
कंचन ही रहना है।
शब्द में जनम लेकर
अर्थ में धंसा हूं मैं,
जाल में सवालों के
आज तक फंसा हूं मैं,
रोज़ धूप पीनी है,
सूर्य-दंश सहना है,
कितना भी चिटकूं पर
दर्पण ही रहना है।

अपने घर-देश में

अपने घर-देश में,
बदले परिवेश में,
आंधी में उड़े कभी लहर में बहे,
तिनकों से ज़्यादा अब कुछ न हम रहे।
चांद और सूरज थे हम,
पर्वत थे, सागर थे हम,
चांदी के पत्र पर लिखे
सोने के आखर थे हम,
लेकिन बदलाव में,
वक़्त के दबाव में,
भीतर-ही-भीतर कुछ इस तरह ढहे,
खंडहर से ज़्यादा अब कुछ न हम रहे।
दूब और अक्षत थे हम,
रोली थे, चंदन थे हम,
हर याचक रूप के लिए
आदमकद दर्पण थे हम,
बुद्ध के निवेश में
गांधी के देश में
सड़कों से संसद तक चीखते रहे,
नारों से ज़्यादा अब कुछ न हम रहे।

राजा को ख़बर तक नहीं

भीलों ने बांट लिये वन,
राजा को ख़बर तक नहीं।
पाप चढ़ा राजा के सिर,
दूध की नदी हुई ज़हर,
गांव, नगर धूप की तरह
फैल गई यह नयी ख़बर,
रानी हो गयी बदचलन,
राजा को ख़बर तक नहीं।
कच्चा मन राजकुंवर का
बेलगाम इस क़दर हुआ,
आवारा छोरों के संग
रोज़ खेलने लगा जुआ,
हार गया दांव पर बहन,
राजा को ख़बर तक नहीं।
उल्टे मुंह हवा हो गई
मरा हुआ सांप जी गया,
सूख गये ताल, पोखरे,
बादल को सूर्य पी गया,
पानी बिन मर गये हिरन,
राजा को ख़बर तक नहीं।
एक रात काल देवता,

राजा को शाप दे गये,
राजमहल खंडहर हुआ,
छत्र, मुकुट चोर ले गये,
सिंहासन का हुआ हरन,
राजा को ख़बर तक नहीं।

जब तक यह शीशे का घर है

जब तक यह शीशे का घर है,
तब तक ही पत्थर का डर है।
आंगन-आंगन जलता जंगल,
द्वार-द्वार सर्पों का पहरा,
बहती रोशनियों में लगता
अब भी कहीं अंधेरा ठहरा,
जब तक यह बालू का घर है,
तब तक ही लहरों का डर है।
टहनी-टहनी टंगा हुआ है
ज़ख़्म भरे मौसम का चेहरा,
शोर बग़ावत का, सड़कों पर,
गलियों में सन्नाटा पसरा,
जब तक यह काज़ल का घर है,
तब तक ही दागों का डर है।
धरती पल-पल दहक रही है,
जर्रा-जर्रा पिघल रहा है,
चांद, सूर्य को कोई अजगर
धीरे-धीरे निगल रहा है,
जब तक यह बारूदी घर है,
तब तक चिनगारी का डर है।

मन हुआ

रेत पर एड़ी रगड़कर थक गया तो
मन हुआ
अब मैं नदी बन कर बहूं, बहने लगा!
गांव की माटी शहर में
पांव रखते मर गयी,
लोकगीतों के स्वरों में
जंगली धुन भर गयी,
बंद कमरे की घुटन डंसने लगी तो
मन हुआ
अब मैं परिंदों-सा उड़ूं, उड़ने लगा।
सींझने मुझमें लगी जब
एक कस्तूरी महक,
बींधने तन को लगी तब
प्यास की कोई खनक,
दर्द रह-रह दस्तकें देने लगा तो
मन हुआ
अब मैं किवाड़ों-सा खुलूं, खुलने लगा।
ओढ़ कर चादर धुएं की
सो गयी हर रोशनी,
यक्ष-प्रश्नों की गुफा में

खो गयी हर ज़िंदगी,
हाथ में पत्थर लिए बच्चे मिले तो
मन हुआ
अब मैं दरख्तों-सा फलूं, फलने लगा।

रामेंद्र त्रिपाठी

जन्म : 8 फरवरी, 1942

शिक्षा : एम.ए., एल.एल.बी, साहित्य रत्न

पिता : स्व. श्री गिरिजा नंदन त्रिपाठी

माता : स्व. श्रीमती सूरजमुखी त्रिपाठी

सम्प्रति : पालिका केन्द्रीयत सेवा में अधिकारी पद से सेवानिवृत्त।

साहित्यिक उपलब्धियां

: 1960 में अंतर्प्रान्तीय इंटरमीडिएट कॉलेज प्रतियोगिता में कविता तथा कहानी लेखन में प्रथम पुरस्कार एवं महादेवी वर्मा के हाथों पुरस्कार प्राप्ति। देश के विभिन्न अंचलों के मंचों से कविता पाठ, रेडियो, टेलीविजन से प्रसारित तथा प्रतिष्ठित पत्रिकाओं में रचनाएं प्रकाशित। लाल किले से कविता पाठ। फिल्म 'जमुना किनारे' के लिए गीत लेखन। रामानंद सागर के साथ सह-संवाद लेखन एवं 'श्रीकृष्ण' धारावाहिक के लिए पटकथा लेखन।

पुरस्कार एवं सम्मान	:	साहित्य समिति, एटा द्वारा बलबीर सिंह 'रंग' पुरस्कार, उन्नाव हिंदी साहित्य समिति द्वारा भगवती चरण वर्मा पुरस्कार, अभिव्यंजना संस्था फर्रुखाबाद द्वारा महीयसी महादेवी वर्मा सम्मान, हिंदी साहित्य समिति (हमीरपुर, वर्धा, अलीगढ़) द्वारा सम्मान इत्यादि।
संपर्क सूत्र	:	ए-44, प्रताप नगर, आगरा-10
दूरभाष	:	0562-2811098, मो. 09412264988

लुहार की लली

रंग-बिरंगी ओढ़नी रंगाय के चली,
घेरदार घाघरो घुमाय के चली।
लुहार की लली जैसे अनार की कली॥
मेहनत की बिटिया है, बहिना लागै बड़ी शरम की।
आती-पाती खेलै जोवन पक्की नेम धरम की॥
मन तो गंगा जली, देह ज्यों कोरीं भरीं गगरियां।
हुमकि चलाबै धन तौ बांहिन नाचैं सधीं मछरियां॥
हर मनवारे को जियरा जराय के चली॥
माथे पै झूमर को गहनों-बाजू बंद, हमेल।
अंगिया ऐसे कसी कि जैसे गुटका फंसी गुलेल।
हाथ चढ़े चांदी के खडुआ, झांझर पांय सजाय।
पूरो ना सिंगार भओ तौ गुदना लिये गुदाय॥
लाख-लाख की चुरियां सो बजाय के चली।
गाड़ी में ही जन्मी फागुन गाड़ी में ही रीझो।
गाड़ी में ही चढ़ी उढ़नियां अंचरा वहीं पसीनो॥
गाड़ी की ही पाल के नीचे सपने हुए किशोर।
गाड़ी में ही पड़ी भांवरें लहंगा चढ़ी किनोर॥
सबकी नजर उठा, अपनी झुकाय के चली॥
कोई खुरपी मांगै कोई मांगै पैनी हंसिया।
छेड़छाड़ जो करै तुरंतै गारी खाबै रसिया॥
भूख लगै तौ नोन-मिर्च लै, रुखी रोटी खाय।

लाहू पै जे नमक देह को, कहौ। कहां ले जाय॥
द्वारे-द्वारे चटनी सी चटाय के चली॥
काजर बिन कजरारे नैना हंसी बतासा फोर।
चाल छरकनी ऐसे जैसे नदिया बीच हिलोर॥
अधर धरे अक्षर बिनु भाषा जैसे कोई पहेली।
कोई कसर ना छोड़ी विधना-रचना रची अकेली॥
खुले बरन नौ लाख रतन छुपाय के चली॥

कमाल है

आदमी बना धनुष।
न फूल ख़ुश, न खार ख़ुश॥
चमन के सामने अमन का फिर खड़ा सवाल है।
तनाव-ही-तनाव है, तो लूट बेमिसाल है॥
कमाल है–कमाल है।
कमाल दर कमाल है॥
पता नहीं है कौन कब किसे कहां पे ठोंक दे,
रेल के सफ़र में कौन चाकुओं से घोंप दे
किसी को नोंच ले कोई, किसी को कब दबोच ले,
ग़रीब की जो मुश्किलें, अमीर के हैं चोंचले।
राजवंश राज कोष का बना दलाल है॥ कमाल है...
चोर ही महन्त है, न जिसका आदि अंत है,
ये कथा अनंत है, फसंत ही फसंत है,
इसने हर जगह उड़ाया अपना एकदंत है,
जो बच गया वो संत है, जो फंस गया हलंत् है,
जो भ्रष्ट टाप टेन है वही तो मालामाल है॥ कमाल है...
ये अमर्त्य देश था भिखारियों ने खा लिया,
ये समर्थ देश था मदारियों ने खा लिया,
पुजारियों ने खा लिया, शिकारियों ने खा लिया,
शेष जो बचा गगत-बिहारियों ने खा लिया,

जो खुलके खा रहा उसी का गाल लाल-लाल है॥ कमाल
है।
रोशनी ही मर गई तो अंधकार क्या करे?
तंत्र भ्रष्ट हो गया तो सद्-विचार क्या करे?
सामने बधिक खड़ा हो-तो गुहार क्या करे?
आंधरे हों साजना तो फिर सिंगार क्या करे?
हिंसकों के हाथ आज शांति की मशाल है॥ कमाल है...

आज़ादी के बाद

आज़ादी के बाद चली जो,
क्या कहने उस आंधी के।
जिनके नंगे पांव थे उन पर,
जूते आ गये चांदी के।।
सत्तर प्रतिशत को रोटी के लाले हैं।
वे कहते हैं हम ये देश सम्हाले हैं।।
अंधे धंधों के हज़ार घोटाले हैं।
भारत माता के अंतर में छाले हैं।।
शर्मसार हो गये तार हैं,
सर्वोदय की खादी के।।
जातिवाद परिवारवाद का हम तूफान चलाते हैं।
जेब कतरने वाले दर्जी की दूकान चलाते हैं।।
दृष्टिहीनता के शिकार भी तीर कमान चलाते हैं।
घुटनों-घुटनों चलने वाले हिंदुस्तान चलाते हैं।।
अब तक शर्म न आई कहते,
ये बेटे हैं गांधी के।।
रिग रेई-रिग रेई रम्पा-रम्पा गाता हुआ जवान मिला।
भेड़ की खाल में लिपटा हमको प्रगतिशील इंसान मिला।
आरक्षण की आग मिली तो, उलझा हुआ विधान मिला।।
आज़ादी की आड़ में टुकड़े-टुकड़े हिंदुस्तान मिला।।
पाप में भागीदार मिले सब

हमको आधी-आधी के।।
कांग्रेस, भाजपा, जनता दल रामों-वामों सप्पा।
सबके सब हैं कुड़मुड़ कुड़मुड़ झैंय्यम झांई झप्पा।
हर मुलज़िम के धार अलग हैं, अलग-अलग हैं ठप्पा।
जुटे जुआरी कर देने को पूरा देश हड़प्पा।
हर दो साल के बाद भेजते
कार्ड ये अपनी शादी के।

मचलती धार का पानी

नहीं रूकता किनारों से मचलती धार का पानी।
उमर भर रूप से झरता है, पहले प्यार का पानी॥
सुनहरे प्यार का पानी।
रूपहले प्यार का पानी॥

अचानक नींद जब टूटी तो बचपन रह गया पीछे,
जवानी आ गई आगे धनुष पर तीर को खींचे,
कहा हंस कर खरीदोगे, तपे अंगार का पानी,
तो हमने फूल की डाली से मांगा खार का पानी॥

सघनतम मेघ में बिजुरी गगन के गेह में पूनम,
किसी की देह में शोले, किसी के नेह में शबनम,
उतरता एक दिन में है नहीं अभिसार का पानी,
बना सोलह बसंतों से नये सिंगार का पानी॥

ये पानी रंग में कुछ है, ये पानी गंध में कुछ है,
लहरते अंग में कुछ है, प्रिया के संग में कुछ है,
अधर के द्वार तक आये तो समझो ज्वार का पानी,
नयन में भार बन छाये तो है स्वीकार का पानी॥

अगर बंधन नहीं होते तो कंगन भी नहीं होते,
न होती नाग को पीड़ा कहीं चंदन नहीं होते,
बाजारों में जो मिलता है वो है झंकार का पानी,
बिना छलके हुए मिल जाय तो अधिकार का पानी॥

डॉ. कुँअर बेचैन
(डॉ. कुँवर बहादुर सक्सेना)

जन्म : 1 जुलाई, 1942

शिक्षा : एम.कॉम., एम.ए. (हिंदी), पी.एच-डी.

पिता : स्व. श्री नारायण दास सक्सेना

माता : स्व. श्रीमती गंगा देवी

सम्प्रति : रीडर एवं अध्यक्ष (हिंदी विभाग) एम.एम.एच. कॉलेज, गाजियाबाद से सेवानिवृत्त एवं स्वतंत्र लेखन।

साहित्यिक उपलब्धियां

: प्रकाशित गीत संग्रह–'पिन बहुत सारे', 'भीतर सांकल : बाहर सांकल', 'उर्वशी हो तुम', 'झुलसो मत मोरपंख', 'एक दीप चौमुखी', 'नदी पसीने की', 'दिन दिवंगत हुए', 'कुंअर बेचैन के प्रेम गीत', 'कुंअर बेचैन के नवगीत'।

प्रकाशित कविता संग्रह–'शामियाने कांच के', 'महावर इंतजारों का', 'रस्सियां पानी की', 'पत्थर की बांसुरी', 'दीवारों पर दस्तक', 'नाव

बनाता हुआ कागज', 'आग पर कंदील', 'आंधियों में पेड़', 'आंगन की अलगनी', 'तो सुबह हो', 'कोई आवाज देता है', 'आंधियां धीरे चलो', 'दोहा सप्तपदी' (101 दोहे), 'जी हां, मैं ग़ज़ल हूं'। ग़ज़ल का 'व्याकरण' महाकाव्य- पांचाली (तेरह सर्ग प्रकाशित) उपन्यास– 'मरकत द्वीप की नीलमणि, मेजपोश का दुःख (लघु कथा संग्रह), हलन्त् बोलेंगे (हिंदी-ग़ज़ल संग्रह), दो होंठों की बात (दोहा संग्रह), 'कहीं कोई है' (हाइकू-संग्रह), 'बांसुरी हो तुम' 'गीत संग्रह'। सुर संकेत (त्रैमासिक) के संपादक।

संपर्क सूत्र : कवितायन 2 एफ-51, नेहरु नगर, गाजियाबाद-201001 (उ.प्र.)

दूरभाष : 0120-2793057, मो. 09818379422

मैं नदी की धार में हूं

जो हृदय में है तरंगित
उस अनोखे प्यार में हूं।
मैं नदी की धार में हूं॥
मिलन-बिछुड़न दो किनारे
हंसी मीठी, अश्रु खारे
साथ में सब हैं हमारे
धूप-सूरज, चांद-तारे
मैं प्रवाहों की प्रभावी
धार के अधिकार में हूं।
मैं नदी की धार में हूं॥
भंवर भी है, धार भी है
नीर भी, बौछार भी है
दूर तट की नव छटा है
नाव भी पतवार भी है
विरह मुझसे दूर रहना
मैं अभी अभिसार में हूं।
मैं नदी की धार में हूं॥
कभी उठकर, कभी ढहकर
कभी सहकर, कभी कह कर
मैं, नदी के साथ रहकर

कभी रुक कर, कभी बह कर–
सिंधु से जाकर मिलूंगा
बिंदु के आकार में हूं।
मैं नदी की धार में हूं॥

कांच के शामियाने मिले

जिस तरफ़ भी उठीं दृष्टियां
दृश्य वे ही पुराने मिले!
मंच से सिर्फ़ बातें मिलीं
बेरहम वारदातें मिलीं
आंधियों से बचें किस तरह
काग़ज़ों की कनातें मिलीं
ज़िंदगी की कड़ी धूप में
कांच के शामियाने मिले!
नीड़ से भीड़ तक, भीड़ से–
नीड़ तक ज़िंदगी का सफ़र
आक्रमण कैंचियों के हुए
भावना के खुले पंख पर
भीड़ पर भी गुलेलें मिलीं
नीड़ भी भौंह ताने मिले!
आंख को सिर्फ़ चिंगारियां
गर्दनों को मिलीं आरियां
दिल-दिमागों में चुभती रहीं
रोशनी की गिरफ्तारियां
पेट के प्रश्न की सीध में
गोलियों के निशाने मिले!

हज़ारों ख़ुशबुएँ दुनिया में हैं

तेरी हर बात चलकर यूं भी मेरे जी से आती है
कि जैसे याद की ख़ुशबू किसी हिचकी से आती है

बदन से तेरे आती है मुझे ऐ मां वही खुशबू
जो इक पूजा के दीपक में पिघलते घी से आती है

कहां से और आएगी इबादत की वो सच्चाई
जो जूठे बेर वाली सरफिरी शबरी से आती है

हज़ारों ख़ुशबुएं दुनिया में हैं पर उससे कमतर हैं
किसी भूखे को जो सिकती हुई रोटी से आती है

ये माना आदमी में फूल जैसे रंग हैं लेकिन
'कुंअर' तहजीब की ख़ुशबू मुहब्बत ही से आती है

चांदनी चार कदम

ज़िंदगी यूं भी जली, यूं भी जली मीलों तक
चांदनी चार कदम धूप चली मीलों तक

प्यार का गांव अजब गांव है जिसमें अक्सर
खत्म होती ही नहीं दुख की गली मिलों तक

घर से निकला तो चली साथ में बिटिया की हंसी
ख़ुशबुएं देती रही नन्ही कली मीलों तक

मां के आंचल में जो सिमटी तो उमड़कर बरसी
मेरी आंखों में जो इक पीर पली मीलों तक

प्यार में कैसी थकन, कह के ये घर से निकली
कृष्ण की खोज में वृषभानु-लली मीलों तक

मैं हुआ चुप तो कहीं और कोई बोल उठा
बात ये है कि तेरी बात चली मीलों तक

हम तुम्हारे हैं 'कुंअर' उसने कहा था इक दिन
मन में घुलती रही मिसरी की डली मीलों तक

डॉ. धनंजय सिंह

जन्म	:	29 अक्टूबर, 1945
शिक्षा	:	एम.ए. (हिंदी), पी-एच.डी.
सम्मानोपाधि	:	विद्या वाचस्पति (पी.एच-डी.) विक्रमशिला विद्यापीठ; विद्यालंकार-काव्यलोक, जमशेदपुर
पिता	:	स्व. श्री अमर सिंह आर्य 'पथिक'
माता	:	स्व. श्रीमती प्रेमवती देवी
सम्प्रति	:	मासिक पत्रिका 'कादम्बिनी' से मुख्य कापी सम्पादक के पद से सेवा निवृत्ति लेकर स्वतंत्र लेखन।
साहित्यिक उपलब्धियां	:	'पलाश दहके हैं' कविता संग्रह प्रकाशित। पंद्रह कविता-संकलन, दो कहानी संकलन तथा एक जीवनी का संपादन। तीन कविता संग्रह एवं दो कहानी संग्रह प्रकाशनाधीन। कविता, कहानी, समीक्षा, लेख, भेंट वार्ताएं, संस्मरण, अनुवाद आदि सभी विधाओं में 1960 से प्रकाशित।

		रूस, मॉरीशस आदि देशों की साहित्यिक यात्राएं। आर्योदय, सिताभा, निषंग, अन्या, परिवेश आदि साहित्यिक पत्रिकाओं का संपादन इत्यादि।
पुरस्कार एवं सम्मान	:	उत्तर प्रदेश हिंदी संस्थान द्वारा 'साहित्य भूषण', श्रेष्ठ गीतकार के रूप में 'साहित्य संगम पुरस्कार' भवानी प्रसाद मिश्र पुरस्कार, गौरव साहित्य सम्मान, कला भारती सम्मान, साहित्य श्री सम्मान, सारस्वत सम्मान, साहित्य भास्कर सम्मान, पत्रकार श्री बालावन्दना जुगरान स्मृति पुरस्कार इत्यादि अनेकों प्रतिष्ठित सम्मान एवं पुरस्कार।
संपर्क सूत्र	:	1084, विवेकानंद नगर, गाजियाबाद-201002 (उ.प्र.)
दूरभाष	:	(0120) 2701091 मो. 09810685549

मौन की चादर

आज पहली बार मैंने
मौन की चादर बुनी है
काट दो यदि काट पाओ तार कोई

एक युग से जिंदगी के घोल को मैं
एक मीठा विष समझकर पी रहा हूं,
आदमी घबरा न जाए मुश्किलों से
इसलिए मुसकान बनकर जी रहा हूं

और यों
अविराम गति से बढ़ रहा हूं
रूक न जाए राह में मन हार कोई

बहुत दिन पहले कभी जब रोशनी थी
चांदनी ने था मुझे तब भी बुलाया
नाम चाहे जो इसे तुम आज दो पर
कोष आंसू का नहीं मैंने लुटाया

तुम
किनारे पर खड़े आवाज मत दो
खींचती मुझको इधर मंझधार कोई

एक झिलमिल-सा कवच जो देखते हो
आवरण है यह उतारूंगा इसे भी
जो अंधेरा दीपकों की आंख में है
एक दिन मैं ही उजारूंगा उसे भी

यों
प्रकाशित दिव्यता होगी हृदय की
है न जिसके द्वार बंदनवार कोई

नित्य ही होता हृदयगत भाव का संयत प्रकाशन
किंतु मैं अनुवाद कर पाता नहीं हूं
जो स्वयं ही हाथ से छूटे छिटककर
उन क्षणों को याद कर पाता नहीं हूं

यों लिये वीणा
सदा फिरता रहा हूं
बांध ले शायद तुम्हें झनकार कोई।

उग आयी नागफनी

हमने कलमें
गुलाब की रोपी थीं
पर गमलों में उग आयी नागफनी।

जीवन ऐसे मोड़ों तक आ पहुंचा
आ जहां हृदय को सपने छोड़ गये
मरघट की सूनी पगडंडी तक ज्यों
कंधा दे शव को अपने छोड़ गए

सावन-भादों के
मेघों के जैसा
मन भर-भर आया, पीड़ा हुई घनी।

आशा के सुमन महक तो जाते पर
मुसकानों वाले भ्रम ने मार दिया
पतझर को तो बदनामी व्यर्थ मिली
हमको मादक मौसम ने मार दिया

पूजन से तो
इनकार नहीं था पर
अपने घर की, मंदिर से नहीं बनी।

रंगों-गंधों में रहा नहाता पर
अपनापन इस पर भी मजबूरी है
कीर्तन में चाहे जितना चिल्लाएं
मन की ईश्वर से फिर भी दूरी है

सौगंधों में
अनुबंध रहे बंधते
पर मन में कोई चुभती रही अनी।

समझौतों के गुब्बारे बहुत उड़े
उड़ते ही सबकी डोरी छूट गयी
विश्वास किसे, क्या कहकर बहलाते
जब नींद लोरियां सुनकर टूट गयी

संबंधों से
हम जुड़े रहे यों ही
ज्यों जुड़ी वृक्ष से हो टूटी टहनी।

संवाद याद यों आएंगे

घर की देहरी पर छूट गये
संवाद याद यों आएंगे
यात्राएं छोड़ बीच में ही
लौटना पड़ेगा फिर-फिर घर

यह आंगन धन्यवाद देकर
मन-ही-मन यों मुसकाएगा
यात्राएं सभी अधूरी हैं
तू लौट यहीं फिर आएगा

ओ जानेवाले परदेसी
ये पथ तुझको भरमाएंगे
घर की यादों के जले दीप
रेती में याद लगाएंगे

छालों को छीलेंगे तेरे
सपनों के महलों के खंडहर

ये विदा-समय की नम पलकें
हारे कंधे थपकाएंगी
गोधूलि सनी घंटियां तुझे

पगडंडी पर ले आएंगी

तुलसी-चौरे के पास जला
दीवा सूरज बन जाएगा
तुतली बोली वाला छौना
प्राणों में हूक जगाएगा।

कस्तूरी-से गंधाते पल
टेरेंगे रे हिरना अक्सर।

आ न सकूंगा

यद्यपि
है स्वीकार निमंत्रण
तदपि अभी मैं आ न सकूंगा।

फूल बनूं, खिलकर मुरझाऊं
मेरे वश का काम नहीं है
जिससे आगे पड़े न चलना
ऐसा कोई धाम नहीं है

तुमने
गति को यति दे दी तो
कभी लक्ष्य को पा न सकूंगा

हृदय तुम्हारा पानी-जैसा
गिरे कंकड़ी तो हिल जाये
मेरा दिल दर्पण-जैसा है
टूटे, सौ प्रतिबिंब दिखाये

यदि
उलटा प्रतिबिंब बना तो
दर्पण को बहला न सकूंगा।

पलभर को निज रूप दिखाकर
अधरों को यह गीत दे दिया
वर्तमान का सुख जग भर को
तुझको करुण अतीत दे दिया

अब कोई
आघात मिला तो
मैं जीवन भर गा न सकूंगा।

सबकुछ बदल गया है लेकिन
घावों की शृंखला न टूटी
बहुत सरल हैं पंथ दूसरे
पर मुझसे यह राह न छूटी

सुख-वैभव
दे डालोगे तो
घावों को सहला न सकूंगा।

देखा नहीं किसी को मैंने
मुरझाये फूलों को चुनते
देखा नहीं किसी को अब तक
क्रंदन-गीत चाव से सुनते

रोने का
अभ्यास न मुझको
लेकिन अब मुसका न सकूंगा।

मैं भला चुप क्यों न रहता

अब तो सड़कों पर उठाकर फन चलता करते हैं सांप
सारी गलियां साफ हैं कितना भला करते हैं सांप।

मार कर फुफकार कहते हैं 'समर्थन दो हमें'
तय दिलों की दूरियों का फासला करते हैं सांप।

आज के सावन की कुछ ऐसी नौ अइबत हो गयी
शक्ल में झूलों की, शाखों पर हिला करते हैं सांप।

मैं भला चुप क्यों न रहता, मुझको तो मालूम था।
नेवलों के भाग्य का अब, फैसला करते हैं सांप।

डर के अपने बाजुओं को, लोग कटवाने लगे
सुन लिया है, आस्तीनों में पला करते हैं सांप।

राज गोपाल सिंह

जन्म	: 1 जुलाई, 1947
पिता	: स्व. श्री राजपाल सिंह
माता	: स्व. श्रीमती जयरानी
शिक्षा	: एम.ए. (हिंदी)
सेवा कार्य	: गृह मंत्रालय से सेवानिवृत्त
प्रकाशन	: 'जर्द पत्तों का सफर', 'खुशबुओं की यात्रा', 'बरगद ने सब देखा है', 'चौमास'।
संपादन	: हिंदी की चर्चित ग़ज़लें।
अन्य उपलब्धियां	: आकाशवाणी एवं दृश्य माध्यमों से अनवरत प्रसारण। रचनाएं प्रतिष्ठित पत्र-पत्रिकाओं, समाचार-पत्रों में प्रकाशित। लाल किला एवं अन्य प्रतिष्ठित मंचों से काव्य पाठ।
संपर्क सूत्र	: बी-39 'सविता कुंज', न्यू गोपाल नगर, ढांसा रोड, नजफगढ़, दिल्ली-43
दूरभाष	: (011) 2801002 मो. 09810831831

बरगद ने सब देखा

अपनी बूढ़ी आंखों से कल बरगद ने सब देखा है
कहां गिरा लाजो का आंचल बरगद ने सब देखा है

तानों से तंग आकर आखिर गांव की मीठी पोखर ने
धीरे-धीरे ओढ़ी दलदल बरगद ने सब देखा है

मौसम जिन खेतों में आकर डेरा डाला करते थे
खेत हुए वो कैसे जंगल बरगद ने सब देखा है

कल तक सारे मजहब जिसको अदब से शीश नवाते थे
किसने काटा है वो पीपल बरगद ने सब देखा है

मुंसिफ बने हुए हैं कव्वे गिद्धों की पंचायत में
अपराधिन सी खड़ी है कोयल बरगद ने सब देखा है

गेहूं बोये किंतु खेत में फसल उगी बंदूकों की
गांव हो गये कैसे चंबल बरगद ने सब देखा है

इम्तहान

वो रोज-रोज मेरा इम्तहान लेता है
कभी जमीन, कभी आसमान लेता है

खुदा के बाद मुझे बस तू ही डराता है
तू सर झुका के मेरी बात मान लेता है

कहानी अपनी सुनाना मैं चाहता हूं उसे
शहर में आ के कोई जब मकान लेता है

मैं जानता हूं कि मुंसिफ का फैसला क्या है
कहानी कुछ है, मगर कुछ बयान लेता है

मैं धूप चाहूं तो बादल बिखेर देता है
मैं छांव मांगू मेरा सायबान लेता है

चढ़ते सूरज को जल

चढ़ते सूरज को लोग जल देंगे
जब ढलेगा तो मुड़ के चल देंगे

गंदले-गंदले ये ताल ही तो तुम्हें
मुस्कराते हुए कंवल देंगे

मोह के वृक्ष मत उगा, ये तुझे
छांव देंगे न मीठे फल देंगे

तुम हमें नित नई व्यथा देना
हम तुम्हें रोज़ इक ग़ज़ल देंगे

चूम कर आपकी हथेली को
हस्त रेखाएं हम बदल देंगे

चिंगारियां

मौन ओढ़े हैं सभी तैयारियां होंगी ज़रूर
राख के नीचे दबी चिंगारियां होंगी ज़रूर

आज भी आदम की बेटी हंटरों की ज़द में है
हर गिलहरी के बदन पर धारियां होंगी ज़रूर

नाम था होठों पे सागर पर मरुस्थल की हुई
उस नदी की कुछ न कुछ लाचारियां होंगी ज़रूर

तेज मांझे सी हवा कितनी पतंगे ले उड़ी
वक्त के हाथों में पैनी आरियां होंगी ज़रूर

हमने ऐसे रंग फूलों पे कभी देखे न थे
तितलियों के पास भी पिचकारियां होंगी ज़रूर

एक मौसम आए है तो एक मौसम जाए है
आज है मातम तो कल किलकारियां होंगी ज़रूर

अजीब दौर है

अजीब दौर है जीने की आस गायब है
चमक-दमक तो है लेकिन उजास गायब है

हरे दरख्त वो शहतूत और जामुन के
अभी भी गांव में हैं पर मिठास गायब है

न जाने कौन-सी रूत जी रहा है मन मेरा
नदी निकट है मेरे और प्यास गायब है

शजर ये राजपथों के हैं इनसे क्या उम्मीद
तने हरे हैं सभी के लिबास गायब हैं

शंभु नाथ

जन्म : 2 मार्च, 1947

पिता : स्व. श्री जगेश्वर राम

माता : स्व. श्रीमती चंद्रावती देवी
हिंदी की सुप्रसिद्ध कवयित्री एवं कथा लेखिका

शिक्षा : बी.ए. ऑनर्स, (अंग्रेजी साहित्य)
एम.ए. (अंग्रेजी साहित्य)
पी-एच.डी. (हिंदी साहित्य)

अध्यापन : 1969 में बिहार कॉलेज ऑफ कॉमर्स, पटना में व्याख्याता।

प्रशासनिक सेवा : 1970 में आई.ए.एस. में चयनित एवं तत्पश्चात उत्तर प्रदेश काडर में विभिन्न पदों पर कार्यरत। फतेहपुर, रायबरेली एवं मेरठ जनपदों के जिलाधिकारी रहने के पश्चात् प्रशासक, नगर महापालिका, लखनऊ, उपाध्यक्ष, लखनऊ विकास प्राधिकरण, प्रबंध निदेशक, प्रादेशिक कोआपरेटिव फेडरेशन तथा आवास आयुक्त के पदों पर रहे। शासन में कई विभागों (यथा राजस्व, श्रम, वन, नियोजन,

समाज कल्याण, गन्ना विकास एवं चीनी उद्योग आदि) के सचिव/प्रमुख सचिव के पदों पर कार्यरत रहे।

साहित्यिक उपलब्धियां

: विभिन्न पत्र-पत्रिकाओं में लेखन। आकाशवाणी एवं दूरदर्शन से साहित्यिक विषयों पर विविध प्रसारण के साथ ही कई समालोचनात्मक पुस्तकों (यथा राम कथा के नये आयाम, बच्चन की काव्य यात्रा एवं दिनकर का रचना संसार) की रचना। 'उत्तर प्रदेश में स्वाधीनता संग्राम के प्रेरक प्रसंग' नामक पुस्तक पब्लिकेशंस डिवीजन भारत सरकार द्वारा प्रकाशित।

संपादन कार्य : तुलसी-साहित्य पर 'राम कथा और नये प्रतिमान' के अतिरिक्त श्री महावीर प्रसाद द्विवेदी पर 'आचार्य श्री' नामक पुस्तक का संपादन।

संपर्क सूत्र : 1/59 विशाल खंड, गोमती नगर, लखनऊ।

दूरभाष : 2303791

नया अभिमन्यु

घिर गया हूं
घुटे खुर्राट महारथियों के बीच
अभिमन्यु का अधिया गुर लिए
सपनों की आंतों को कुचलता
अंतड़ियों में ही उलझता
लड़खड़ाता हूं
डरा-डरा
दीखता है मौत का पंजा
(छूट रहा है छक्का)
सत्ता अठ्ठा
और नहले पर दहला
मारते थे पुरखे
पुरनियां बीड़ी दबाकर
धुआं उड़ाते
चैन से खेलते
'बेगम बादशाह'
का
पत्तेमार खेला
चैन से काटे दिन
खालिस घी पीकर-देसी
हंसी और ठठ्ठा

दूध दही मठ्ठा
बाजे-गाजे
ढोल-तमासे
फिर तिग्गी और चौका
और समेट कर सब पत्ता
मौज से कहते चले
इक्के पर बैठ अलबत्ता
"स्वर्ग कहीं है
तो यहीं है यहीं"
छूटा गुलाम
छूटा जोकर
आटा व चोकर
बढ़िया कंकड़ भी कहां
यार, वह भी घटिया
मिलाते हैं
मिलावटी हवा पानी तक
मिलना बनावटी
और,
नवजात की रुलाई
अनिवार नियति है जनम भर की
आंख टेढ़ी डाईन की तरह
जो पीछा न छोड़ेगी
लाड़ला भटकेगा

पर
मिलावटी 'विनासपति' भी
नहीं हेर पायेगा
रोयेगा-गायेगा
अब कोई
जन्मोत्सव कैसे
मनायेगा
वाह, पुरनिया
बड़े छली निकले!
खुर्राट महारथी–
बढ़िया बढ़िया घुप्प
और कड़वा कड़वा थू!
और तू, और तू
और मैं, और मैं
चेहरों में जिनगी घुटती है
काहे को दिल्लगी करते हो
अधिया गुर का अभिमन्यु
लौट पायेगा?
अरे क्षण भर में फैसला
देख लो
कीड़े मकोड़े-सा
नाहक मारा जायेगा।

आत्मतोष

बावरे झकोरे से
कोई शिकायत नहीं
थोड़ा सा सुरभि-दान
उसके भी नाम चलो
सुषमा की
सतरंगी यात्रा से
कटकर भी
बची-खुची
हरियाली लिए साथ
बोध जुड़े रहने का बाकी है
कैद हूं
परिधियों में
गमले की
थोड़ी-सी माटी में
जिंदा दफनाया-सा
इतना क्या कम है कि
मुग्ध,
अराजक रंगों को
साथ लिए आज
फिर से
खिला हूं!

डॉ. बुद्धिनाथ मिश्र

जन्म : 1 मई, 1949

शिक्षा : एम.ए. (अंग्रेजी हिंदी), पी-एच.डी.

पिता : पं. भोला मिश्र

माता : श्रीमती गुलाब देवी

सम्प्रति : ओ.एन.जी.सी. के मुख्यालय में मुख्य प्रबंधक (राजभाषा) पद पर कार्यरत।

साहित्यिक उपलब्धियां

: 'जाल फेंक रे मछेरे', 'जाड़े में पहाड़', 'नोहर के नाहर', 'शिखरिणी' पुस्तकें प्रकाशित हैं। 'आज' दैनिक में साहित्य और समाचार संपादन। स्वांतः सुखाय 'विश्व हिंदी दर्पण', 'शिखर बोलते हैं' एवं 'स्वयंप्रभ' का संपादन। सात मूर्धन्य कवियों के काव्य संग्रहों का संपादन। 1966 से देश के सभी प्रमुख हिंदी और मैथिली पत्र-पत्रिकाओं में गीत, निबंध, रिपोर्ताज कहानी आदि का नियमित प्रकाशन। 1969 से आकाशवाणी

और दूरदर्शन के सभी प्रमुख केंद्रों पर काव्य-पाठ। बीबीसी, विविध भारती, विदेश प्रसारण सेवा से भी काव्य पाठ। वीनस कंपनी से 'काव्यमाला' और 'जाल फेंके रे मछेरे' कैसेट, मैथिली संस्कार गीतों के दो ई.पी. रिकॉर्ड एवं संगीतबद्ध गीतों का कैसेट–'अनन्या'। दूरदर्शन से राष्ट्रीय धारावाहिक 'क्यों और कैसे' का पटकथा लेखन। पदातिक कोलकाता द्वारा मंचित नृत्यनाटिका 'अर्धशती' विशेष चर्चित। 1980 से विभिन्न सार्वजनिक उपक्रमों में राजभाषा कार्यान्वयन का कार्य। बैंकाक, लंदन, एमस्टर्डम, पेरिस, द हाग, ब्रसेल्स, सिंगापुर, मास्को, न्यूयार्क की साहित्यिक यात्राएं।

पुरस्कार एवं सम्मान : कविरत्न एवं साहित्य सारस्वत उपाधि, दुष्यंत कुमार अलंकरण, निराला सम्मान, पुश्किन सम्मान (मास्को)।

संपर्क सूत्र : राजभाषा विभाग, ओ.एन.जी.सी., तेल भवन, देहरादून-248003

दूरभाष : घर (0135)-2727979, कार्यालय-2754665

ई-मेल : budhinathji@yahoo.co.in

मैं चलता

मैं चलता
मेरे साथ चला करता पग-पग
वह सत्य कि जिसको पाकर
धन्य हुआ जीवन।

मेरे समकक्ष न कोई साधू-संन्यासी
मेरी स्पर्धा सर्वदा स्वयं ईश्वर से है
उसके दर्शन की जरा नहीं चाहत मुझमें
वह कहां नहीं है, यही सवाल इधर से है

मैं जगता
मेरे साथ जगा करती धरती
मावस में चांद-सितारों से
अधभरा गगन।

जिस दिव्य पुरुष की प्रतिमा को पूजता जगत
वह तो अधिपति का छोटा-सा अभिकर्ता था
भूमिका निभायी उसने मात्र 'करण' की थी
कैसे समझाऊं, नहीं कभी वह 'कर्ता' था

मैं पलता
मेरे साथ पला करता मोती
धर्म का, काम की सीपी में
सम्पुटित नयन।

कर चित्रगुप्त मुर्दाघर का लेखा-जोखा
आंकना मुझे है तेरे वश की बात नहीं
हर पाप-पुण्य में मेरे, था वह साथ रहा
जिसको छू पाने की तेरी औकात नहीं

मैं ढलता
मेरे साथ ढला करता सूरज
फिर उगने को
कर प्रातः का संध्या-वंदन।

मरा डूबकर गांव

भूखे-प्यासे रहकर पुरखे
जिये अकालों में
मरा डूबकर गांव
कर्ज के गहरे तालों में।

पशु-मेले की जगह
हुआ ऋण-मेलों का उत्सव
दस में सात चढ़े देवों पर
हाथ लगा पल्लव
घर के बीज सड़े कुठलों में
खेत हुए बंजर
सत्यानाशी नये बीज ने
छीन लिया गौरव

कौन मुनाफा कितना लूटे
ठनी दलालों में।

पहले तो दिखलाये सपने
चांद-सितारों के
नयी उमर की नयी फसल के
नयी बहारों के

रंग-बिरंगे विज्ञापन का
अर्थ तभी जाना
आज़ादी की बहू हुई जब
नाम कहारों के

ऊंघ रहे अंगारे
भींगे हुए पुआलों में।

बदतर हुआ शहर से
अपना गांव अन्नदाता
असह भार कर्जे का ऐसा,
झेल नहीं पाता
आत्मदाह करते किसान अब
खबर नहीं बनते
नंगी नाच लड़कियों का
हर चैनल दिखलाता

हाथी-घोड़े सभी मात
शतरंजी चालों में।

ज़िंदगी

ज़िंदगी अभिशाप भी, वरदान भी
ज़िंदगी दुख में पला अरमान भी
कर्ज सांसों का चुकाती जा रही
ज़िंदगी है मौत पर एहसान भी।

वे जिन्हें सर पर उठाया वक़्त ने
भावना की अनसुनी आवाज थे
बादलों में घर बसाने के लिए
चंद तिनके ले उड़े परवाज थे।

दब गये इतिहास के पन्नों तले
तितलियों के पंख, नन्हीं जान भी।

कौन करता याद अब उस दौर को
जब गरीबी भी कटी आराम से
गर्दिशों की मार को सहते हुए
लोग रिश्ता जोड़ बैठे राम से।

राजसुख से प्रिय जिन्हें वनवास था
किस तरह के थे, यहां इनसान भी।

आज सब कुछ है, मगर हासिल नहीं
हर थकन के बाद मीठी नींद अब
हर कदम पर बोलियों की बेड़ियां
ज़िंदगी घुड़दौड़ की मानिंद अब।

आंख में आंसू नहीं, काजल नहीं
होठ पर दिखती न वह मुस्कान भी।

सावन बरसे

प्यास हरे कोई घन बरसे
तुम बरसो या सावन बरसे।

परती के उद्ग्रीव मनोरथ
कमल-दलों के मोती लूटें
सदियों के सूखे अधरों पर
गीत नये कल्ले-से फूटे

ये संयम के पर्णमुकुट
ये मोरपंख उरझे नयनों के
ऐसे क्षण उर्वशी तुम्हारी
छागल-छागल थिरकन बरसे।

इस घनघोर घटा के नीचे
तपते हुए पर्वत भींजेंगे
सोंधी गंध धरा बांटेगी
नदियों के करार टूटेंगे

फैल रही हैं अमरबेल-सी
विद्युत की चम्पई लताएं
छायावेष्टित रहःस्थलों में
हरी दूब पर अंजन बरसे।

कुछ कदम्ब के फूल चुनें हम
या रंगीन परिंदा ढूंढ़ें
धान कटोरों–से थालों में
निहुरे-निहुरे चंदा ढूंढ़ें।

एक सहज विश्वास संजोकर
चातक ने व्रत उठा लिया है
अब चाहे नभ से स्वाती की
बूंद गिरे या पाहन बरसे।

चलती रही तुम

मैं अकेला था कहां अपने सफर में
साथ मेरे, छांह बन चलती रही तुम।

तुम कि जैसे चांदनी हो चंद्रमा में
आब मोती में, प्रणय आराधना में
चाहता है कौन मंजिल तक पहुंचना
जब मिले आनंद पथ की साधना में

जन्म-जन्मों मैं जला एकांत घर में
और बाहर मौन बन जलती रही तुम।

मैं चला था पर्वतों के पार जाने
चेतना के बीज धरती पर उगाने
छू गये लेकिन मुझे हर बार गहरे
मील के पत्थर विदा देते अजाने

मैं दिया बनकर तमस से लड़ रहा था
ताप में, बन हिमशिला, गलती रही तुम।

रह नहीं पाये कभी हम थके-हारे
प्यास मेरी ले गये हर, सिंधु खारे

राह जीवन की कठिन, कांटों भरी थी
काट दी दो-चार सुधियों के सहारे

सो गया मैं, हो थकन की नींद के वश
और मेरे स्वप्न में पलती रही तुम।

अंसार कंबरी

जन्म	:	3 नवंबर, 1950
शिक्षा	:	स्नातक
पिता	:	स्व. श्री जव्वार हुसैन रिज़ीव
माता	:	श्रीमती अनवर आरा बेगम
सम्प्रति	:	उद्योग निदेशालय, कानपुर में संग्रहालयाध्यक्ष एवं लेखन।
साहित्यिक उपलब्धियां	:	'कहां बनाएं नीड़' दोहा-गीत संग्रह, गजल संग्रह प्रकाशित। आकाशवाणी, दूरदर्शन से प्रसारण एवं पत्र-पत्रिकाओं में रचनाएं प्रकाशित। प्रतिष्ठित मंचों से काव्य-पाठ।
पुरस्कार एवं सम्मान	:	हिंदी संस्थान उ.प्र. द्वारा 1996 में 'सौहार्द सम्मान'। देश की अनेक साहित्यिक-सामाजिक संस्थाओं द्वारा सम्मानित।
संपर्क सूत्र	:	जफर मंजिल, 11/116 ग्वाल टोली, कानपुर-208001 (उ.प्र.)
दूरभाष	:	9450938629

मेरा उसका परिचय इतना

मेरा उसका परिचय इतना
वो नदिया है, मैं मरुथल हूं।

उसकी सीमा सागर तक है,
मेरा कोई छोर नहीं है
मेरी प्यास चुरा ले जाए,
ऐसा कोई चोर नहीं है।

मेरा उसका नाता इतना,
वो खुशबू है, मैं संदल हूं।

उस पर तैरे दीप शिखाएं
सूनी-सूनी मेरी रातें।
उसके तट पर भीड़ लगी है,
कौन करेगा मुझसे बातें।

मेरा उसका अंतर इतना,
वो बस्ती है, मैं जंगल हूं।

उसमें एक निरन्तरता है,

मैं स्थिर हूं जनम-जनम से।
वो है साथ-साथ ऋतुओं के
मेरा क्या रिश्ता मौसम से।

मेरा उसका जीवन इतना
वो एक युग है, मैं एक पल हूं।

तुम्हारे लिये

क्या नहीं कर सकूंगा तुम्हारे लिये
शर्त ये है कि तुम कुछ कहो तो सही।

चाहे मधुबन में पतझार लाना पड़े
या मरुथल में शबनम उगाना पड़े
मैं भगीरथ सा आगे चलूंगा मगर
तुम पतित पावनी सी बहो तो सही।

पढ़ सको तो मेरे मन की भाषा पढ़ो,
मौन रहने से अच्छा है झुंझला पड़ो।
मैं भी दशरथ सा वरदान दूंगा तुम्हें,
युद्ध में कैकेयी सी रहो तो सही।

हाथ देना न संन्यास के हाथ में,
कुछ समय तो रहो उम्र के साथ में,
एक भी लांछन सिद्ध होगा नहीं,
अग्नि में जानकी सी दहो तो सही।

शायद

किसी की आंख का काजल बरसता है,
कोई बादल उसे बहका गया शायद।

मुझे मालूम है खुशबू को,
कोई पा नहीं सकता।
जरा सी बात है लेकिन,
उसे समझा नहीं सकता।

हिरन फिर भागता है गंध के पीछे
महकता पल उसे बहका गया शायद।

अधर की प्यास बुझती है,
तो मन की प्यास जगती है।
जो मन की प्यास जगती है,
तो अधरों से उलझती है।

कोई प्यासा भटकता है तटों पर,
नदी का जल उसे बहका गया शायद।

महकते पल नहीं रहते हैं,
सुधियां मन में रहती हैं।

जो सुधियां मन में रहती हैं,
वही आंखों से बहती हैं।

कोई परछाईयों को ढूंढ़ता है,
किसी का छल उसे बहका गया शायद।

किधर जायेंगे

हमसे मत पूछिये अब किधर जायेंगे,
थक गये हैं बहुत अपने घर जायेंगे।

कितने प्यासे हैं हम ये बता दें अगर,
बहते धारे नदी के ठहर जायेंगे।

शीश महलों में हमको न ले जाईये,
आईने देख लेंगे तो डर जायेंगे।

मौत के उर से नाहक परेशान हैं,
आप जिन्दा कहां हैं जो मर जायेंगे।

"कम्बरी" आपका एक ठिकाना तो है,
जिनका घर ही न हो वो किधर जायेंगे।

डॉ. सुरेश

जन्म	:	13 दिसंबर, 1951
शिक्षा	:	एम.ए. (हिंदी), एल.एल.बी. (लखनऊ विश्वविद्यालय), पी-एच. डी. काशी विद्यापीठ।
पिता	:	श्री यदुनाथ प्रसाद श्रीवास्तव
माता	:	स्व. श्रीमती अकबाल देवी श्रीवास्तव
सम्प्रति	:	पहले अधिवक्ता, फिर अध्यापन, अब स्वतंत्र रूप से कलम की मजदूरी।
साहित्यिक उपलब्धियां	:	डॉ. शंभूनाथ सिंह द्वारा संपादित नवगीत दशक-3 तथा नवगीत अर्धशती में रचनाएं सम्मिलित। धर्मयुग, साप्ताहिक हिंदुस्तान, नया प्रतीक, रविवार, अवकाश के अतिरिक्त अन्य अनेक साहित्यिक पत्र-पत्रिकाओं में रचनाएं प्रकाशित। हम तो ठहरे चार बनजारे' (गीत संग्रह), 'सोने के दिन चांदी के

दिन' (नवगीत संग्रह), 'संसद अब जलसा-घर' (कविता संग्रह), 'तुलसी साहित्य में प्रतिभाज्ञान की अभिव्यक्ति' (शोध ग्रन्थ) प्रकाशनाधीन। देश के विभिन्न आकाशवाणी एवं दूरदर्शन केंद्रों के अतिरिक्त 'विविध भारती' तथा सी.पी.सी. (सेंट्रल प्रोडक्शन सेंटर) एवं बी.बी.सी. से भी रचनाओं का प्रसारण। 'अमरनाद' कैसेट कहानी 'दारोगा' 'किताब' के लिए गीत, वंश फीचर फिल्म का गीत, काव्य पाठ हेतु अनेक विदेश यात्राएं

पुरस्कार एवं सम्मान : अवधी अकादमी सम्मान, जायसी पंचशती सम्मान युवा साहित्यकार सम्मान, लखनऊ विश्वविद्यालय महोत्सव का प्रतिभा सम्मान गीत रत्न इत्यादि अनेक सम्मान।

संपर्क सूत्र : पुष्पा निलयम् 2/234 विजय खंड, गोमती नगर, लखनऊ-226010

दूरभाष : (0522) 2393304
मो. 09452018818

इस नगर हैं

इस नगर हैं, उस नगर हैं
पांव में बांधे सफर हैं,
हैं थके हारे, नींद के मारे
हम तो ठहरे यार बनजारे॥
ये हवा लाई उड़ाकर, कुछ पलों को पास तेरे
कौन समझे, कौन जाने? नियति के अनजान फेरे
दो घड़ी सुन लें, सुना लें
गीत का ही मन बना लें
पीर को भी गुनगुना लें, प्यार से प्यारे।
हम तो ठहरे यार बनजारे॥
चांदनी से दर्द पाया, धूप ने जी भर तपाया,
एक हल्की सी हंसी ने, उम्र भर मुझको रुलाया।
दूर हैं अपने ही साये
फिर सगे क्या, क्या पराये,
कौन अपनाये हमें हम टूटते तारे।
हम तो ठहरे यार बनजारे॥
ओढ़ ली छत आस्मां की, बन गई धरती बिछोना
जिंदगी के रंग दो ही, रो के हंसना हंस के रोना
हम अगर सुख को संवारें।
दर्द भी थोड़ा दुलारें, और की खातिर हमेशा जीत कर हारे।
हम तो ठहरे यार बनजारे।

सोने के दिन चांदी के दिन

सोने के दिन चांदी के दिन
आये, गये आंधी के दिन॥
हर रात थी जैसे नई
होठों पर थे सरगम कई,
गंगा थे हम, जमुना थे हम
बनते रहे संगम कई,
पूजा के दिन, तीरथ के दिन
ये होम की जैसे अगिन॥
मेंहदी रची शरमीली शाम
हल्दी चढ़े हाथों को थाम,
थी बांटती फूलों को गंध
गाती थी गीत ले-ले के नाम,
रेशम के दिन, कुमकुम के दिन
लगते थे ज्यों मौसम के ऋण॥
इंद्रधनुष कांधे धरे
चलते थे हम सहमें डरे,
टूटे कहीं सपने नहीं
डूबें न ये जंगल हरे,
बादर के दिन, बरखा के दिन
पल में सहज पल में कठिन॥
टूटे मगर तितली के पंख

छूटे कहीं किरणों के छंद,
सांकल कोई खनका गया
खुलते गये दरवाजे बंद,
बाहर कहीं कुछ भी नहीं
भीतर छिपी चुभती थी पिन॥

मन तो भीगे कपड़े सा

मन तो भीगे कपड़े सा
सुधियों की अर्गनी टंगा॥
चलती हैं
तेज हवाएं
ले-ले कर तेजाबीपन,
रह-रहकर
घटता बढ़ता
सांसों पर दर्द का वज़न,
हल्का-हल्का सा था मैं
जाने किस बोझ से दबा॥
जीने का
मिट गया वहम
रोने को मिल गया जनम,
सुग्गे सा
पालता रहा
पिंजरे में प्यार का भरम।
पांखों से झर गये सपन
आंखों से कर गये दगा॥
डूब-डूब कर
लिखे गये
खत लगते इश्तहार से,

खुशियां गुम
हो गईं कहीं
दर्द हो गये फ़रार से,
आवाज़े खोखली यहां
सुनता हूं मैं ठगा-ठगा॥

एक सादगी

एक सादगी
भीतर सौ-सौ रंग भर गई
भोले भाले मन पर
जादू सा कर गई॥
अपना भी क्या कहना
मस्ती में था रहना
आज हुए भीड़ में अकेले,
सबके सब रंग फीके
बस तू ही न दीखे
आंखों में आंसू के रेले,
कौन से झमेले में–
डाल मुझे घर गई?
भोले भाले मन पर
जादू सा कर गई॥
ऊबे-ऊबे से हम
गहरे डूबे से हम
अपने से दूर चले जाते,
दिन कटते हैं गिन-गिन
क्या जानो तेरे बिन
तुझसे ही अक्सर बतियाते
हफ्तों से ढूंढ़ रहा

नींद को किधर गई?
भोले-भाले मन पर
जादू सा कर गई॥

तुम आये

तुम आये,
पिराये से पात
अचानक हरियाये॥
सूने दरवाजों ने साजे
बंदनवारी मणियों के,
खाली-खाली हाथों ने
कंगन पहने रोशनियों के,
तुम आये,
मावस रात
दिपाली होकर मुस्कराये॥
रोज उमड़ना रोज बरसना
तंग आये इन बाढ़ों से,
भीतर एक नदी बहती है
उतरी हुई पहाड़ों से,
तुम आये–
सागर-सागर सा
मेरा मन लहराये॥
आंसू पी-पी कर मुस्काना
गीत सुनाना खूब जिये,
कश्ती और किनारा कैसा?
लहर-लहर में डूब जिये।

तुम आये,
इस दुनिया से दूर
अकेले इतराये॥

आई उड़े

रास्ते में,
कागज़ी टुकड़े पड़े।
एक हल्की सी हवा
आई उड़े॥

प्रश्नचिन्हों की चढ़ाकर त्योरियां
खास चेहरे पास आये हैं
फासलों में उम्रभर की यह सजा
काटनी है समझ पाये हैं।

हम गये हैं।
दर्द की खातिर गढ़े।
एक हल्की सी हवा
आई उड़े॥

चुप्पियों की हुई चर्चाएं बहुत
मुंह खुले तो और चिल्लाए,
दूसरों की लाठियां पकड़े हुए
लोग आंखें छोड़कर आये,

सामने
सीने फुलाये हैं खड़े।
एक हल्की-सी हवा
आई उड़े॥

कौन हूं, क्या हूं, कहीं उत्तर नहीं,
आज अपनी ही कहानी में,
सिर्फ़ कछुए की तरह रिश्ते यहां
तैरते हैं सुर्ख पानी में।

भाव रिश्तों के
बहुत ऊंचे चढ़ें।
एक हल्की-सी हवा
आई उड़े॥

मनोज श्रीवास्तव

जन्म : 1 जनवरी, 1951

शिक्षा : औद्योगिक अभियन्त्रण में स्नातक

पिता : स्व. श्री डॉ. मदन मोहन लाल

माता : श्रीमती पुष्पलता श्रीवास्तव

सम्प्रति : हिंदुस्तान एयरोनाटिक्स मंडल, लखनऊ में वरिष्ठ प्रबंधक पद पर कार्यरत।

साहित्यिक उपलब्धियां

: प्रकाशित पुस्तकें–'महज सुकरात का डर है' (ग़ज़ल संग्रह), जयघोष (ओज प्रधान) कविता संग्रह।

: प्रकाशनाधीन पुस्तकें– 'बिन गुलाल के लाल' एवं 'सपने तुम्हारे'। काव्य-धारा मां से विरासत में मिली। 1962 में प्रथम कविता को आकार मिला। साप्ताहिक हिंदुस्तान, मुक्ता, पाञ्चजन्य इत्यादि प्रतिष्ठित पत्र-पत्रिकाओं में प्रकाशन। आकाशवाणी, दूरदर्शन एवं देश के प्रतिष्ठित मंचों से काव्य पाठ एवं संचालन।

पुरस्कार एवं सम्मान	:	'महज सुकरात का डर है' ग़ज़ल संग्रह को दिव्य नर्मदा अलंकरण अभियान 2003, बेलगाम कर्नाटक में गोवा के राज्यपाल द्वारा 'हिंदी रत्न' से सम्मानित।
संपर्क सूत्र	:	2/78, विश्वास खंड, गोमती नगर, लखनऊ-226010 (उ.प्र.)
दूरभाष	:	(0522) 2308055 मो. 09452063025

राम जाने

मन भटकता है कहां है नेह कस्तूरी।
राम जाने किस जनम में साध हो पूरी।
पार जब-जब की
सिया ने लक्ष्मण-रेखा।
कब मिटाये मिट सका है
भाग्य का लेखा।
पीर सहना है नियति की कोई मजबूरी
राम जाने किस जनम में साध हो पूरी।
टिमटिमाते दीप की
लौ की शिखा-सा मन
हो चुकी जर्जर किसी
पतवार जैसा तन।
किस तरह हो तय सफर ये, है बड़ी दूरी।
राम जाने किस जनम में साध हो पूरी।
जानता हूं अनवरत
दिन रात चलना है।
आंसुओं और आंधियों का।
पथ बदलना है।
आपदा हो स्वार्थ हो या कोई मजबूरी
राम जाने किस जनम में साध हो पूरी।

हो गई सदियां भटकते
भ्रम नहीं छूटा।
योनियों से योनियों का–
क्रम नहीं टूटा।
कम हुई है कब परिधि से केंद्र की दूरी
राम जाने किस जनम में साध हो पूरी।

विषधरों में खलबली है

विषधरों में खलबली है क्या हुई विष में कमी?
किसलिए डंसने लगा है आदमी को आदमी॥
क्या हुआ कैसे शिखर से
लोग बौने हो गए।
किसलिए अभिशप्त ये
मां के डिठौने हो गए।
अब नजर आती नहीं है आंसुओं तक में नमी।
किसलिए डंसने लगा है आदमी को आदमी॥
दंश किसका है प्रभावी,
आजकल ये होड़ है।
हो रहा हावी समय पर,
दानवी गठजोड़ है।
लग रही है भावना पर स्वार्थ की परतें जमी।
किसलिए डंसने लगा है आदमी को आदमी॥
ये समय का चक्र फिर,
वापस न लाया जाएगा।
एक दिन अपने किए पर,
आदमी पछतायेगा।
जब लगेगी उसको अपनी श्वास की गति थमी।
किसलिए डंसने लगा है आदमी को आदमी॥

मुझसे मेरे मन ने पूछा

ऐसे प्रश्न कई हैं जिनका उत्तर मेरे पास नहीं है
तुमको मुझ पर, मुझको खुद पर अब शायद विश्वास नहीं है

शिशु ने सहज भाव से पूछा, कहां नहीं धरती पर अम्बर
कैसे मैं उसको समझाता, प्रश्न तुम्हारा सचमुच दुष्कर
वरद हस्त जिसके मस्तक पर नहीं रहा मां और पिता का
समझो उसे अभागा उसकी धरती पर आकाश नहीं है।

ऐसे प्रश्न कई हैं जिनका उत्तर मेरे पास नहीं है।
तुझको मुझ पर मुझको खुद पर अब शायद विश्वास नहीं है।

कवि ने यूं पूछा क्या अंतर है भंवरे में और गुबरीले में
मुझे लगा जो है यथार्थ में और काल्पनिक सपनीले में
एक सतत श्रम से जीवित है और दूसरा पराश्रयी है,
वो है महज बोझ उपवन पर उसको ये आभास नहीं है।

ऐसे प्रश्न कई हैं जिनका उत्तर मेरे पास नहीं है।
तुमको मुझ पर, मुझको खुद पर अब शायद विश्वास नहीं है।
मुझसे मेरे मन ने पूछा, क्या है अपना और पराया
लगा मुझे बस वो अपना है काम समय पर जो भी आया

जिसने कोरे आश्वासन दे विदा किया भूखे याचक को,
उसका है मनुजत्व अधूरा उससे कोई आस नहीं है।

ऐसे प्रश्न कई हैं जिनका उत्तर मेरे पास नहीं है,
तुमको मुझ पर, मुझको खुद पर अब शायद विश्वास नहीं है।

आज हमारा अपना है

क्या बात करें बीते कल की, क्यों बात करें हम आगत की,
जो सत्यम शिवम् सुन्दरम् है, वो आज हमारा अपना है।
कुछ लोग हमेशा जीते हैं।
बीते कल को रोते-रोते।
कुछ लोग गंवाते हैं जीवन,
सपनों की स्वर्ण फसल बोते।
जो जैसा है सच जियो आज कल की माला क्या जपना है
जो सत्यम्-शिवम...
किसलिये व्यर्थ स्वर्णिम प्रभात–
की आस लगाए बैठे हो।
आगत के दिवास्वप्न लेकर
संसार सजाये बैठे हो।
जी रहे जिसे हम वो यथार्थ कल का तात्पर्य कल्पना है
जो सत्यम् शिवम...
छोड़ो आगत की शंकाएं
बीते पल की सब पीड़ाएं
क्यों हम भोगें गुजरे कल को
क्यों हम ढोयें कल की कुंठाएं
जो आज सामने जियो उसे, जो बीत गया वो सपना है
जो सत्यम् शिवम्...

मैं समय की शिला पर

मैं समय की इस शिला पर बोध का हस्ताक्षर हूं।
पार्थ के गांडीव की ध्वनि, काल का समवेत स्वर हूं।

मैं नियन्ता विश्व का, त्रैलोक्य पर अधिकार मेरा।
भू, अनल, जल तत्त्व मेरे, ये सकल संसार मेरा।

सामने नत है मेरे गिरिराज का स्वर्णिम शिखर भी।
थाह मेरी पा न पाया क्षीर सागर का भंवर भी।

उपनिषद मस्तिष्क मेरा, वेद है मेरी भुजाएं,
दिव्य गीता ज्ञान-सी चहुं ओर फैली है शिराएं

मैं त्रिनेत्री, शेषशायी, ब्रह्म हूं, गुरु ज्ञान हूं।
सत्य, शिव, सुंदर सहज मनुजत्व की पहचान हूं।

दिनेश प्रभात

जन्म : 6 फरवरी, 1955

शिक्षा : वाणिज्य स्नातक

पिता : स्व. श्री बद्रीप्रसाद सक्सेना

माता : स्व. श्रीमती लक्ष्मीबाई सक्सेना

सम्प्रति : अधिकारी (वित्त विभाग) एच ई जी लिमिटेड, मंडी दीप (म.प्र.)

साहित्यिक उपलब्धियां

: 35 वर्षों से सृजन में सक्रिय। प्रकाशित पुस्तकें–'लहर ढूंढ़ता हूं' (गीत-ग़ज़ल संग्रह), 'बिजलियां पांवों में' (गज़ल संग्रह), 'खुशहाली की राह' (पर्यावरण सुरक्षा के प्रति जागरूकता फैलाने वाले श्लोगन), 'झमाझम बारिश में' (गीत-ग़ज़ल संग्रह), 'यादों में हरसूद' (विस्थापित गांव 'हरसूद' को याद करते दोहे) देश के स्तरीय पत्र-पत्रिकाओं में रचनाएं प्रकाशित। राष्ट्रीय चैनलों एवं आकाशवाणी पर निरंतर काव्य पाठ। लगभग सभी प्रतिष्ठित काव्य मंचों से कविता पाठ।

पुरस्कार एवं सम्मान	:	श्रमिक साहित्य रत्न (भिलाई), अभिनव शब्द शिल्पी (भोपाल), समन्वय सृजन सम्मान (सहारनपुर), गीत चांदनी (जयपुर), ग़ज़ल का विशेष पुरस्कार (कैथल), त्रिवेणी पुरस्कार (अलवर), रचनाकार सम्मान, प्रतिमा सम्मान एवं ग़ज़ल श्री सहित देश की पचहत्तर साहित्यिक, सांस्कृतिक, सामाजिक संस्थाओं द्वारा सम्मानित पुरस्कृत। 'कादम्बिनी' एवं 'प्रिया' में छंदों को प्रथम पुरस्कार। दिल्ली सरकार द्वारा पल्स पोलियो पर आधारित नारों पर प्रशंसा पत्र।
संपर्क सूत्र	:	'काव्य धारा' 56 सम्राट नगर, अशोका गार्डन, भोपाल-23
दूरभाष	:	(0755) 4259993 मो. 09926340108

आंखें नैनीताल हुईं

आप मिले तो लगा जिंदगी, अपनी आज निहाल हुई।
मन जैसे कश्मीर हुआ है, आंखें नैनीताल हुईं।।
तन्हाई का बोझा ढो-ढो,
कमर जवानी की टूटी।
चेहरे का लावण्य बचाये,
नहीं मिली ऐसी बूटी।
आप मिले तो उम्र हमारी, जैसे सोलह साल हुई।
तारों ने संन्यास लिया था,
चांद बना था बैरागी।
रात साध्वी बनकर काटी,
दिन काटा बनकर त्यागी।
आप मिले तो एक भिखारिन जैसे मालामाल हुई।
कल तक तो सपनों की बगिया,
में पतझर का शासन था।
कलियां थीं लाचार द्रोपदी,
मौसम बना दुःशासन था।
आप मिले तो लगा सुहागिन हर पत्ती, हर डाल हुई।
बस्ती में रहकर भी हमने,
उम्र पहाड़ों में काटी।
कभी मिली हैं हमें ढलाने,
कभी मिलीं ऊंची घाटी।

आप मिले तो धूल राह की, चंदन और गुलाल हुई।
अंधे को मिल गई आंख,
भूखे को आज मिली रोटी।
जीवन को ऊसरी धरती में,
दूब उगी छोटी-छोटी।
आप मिले तो सभी निलंबित खुशियां आज बहाल हुईं।
मन जैसे कश्मीर हुआ है, आंखें नैनीताल हुईं।

तुम्हारी उम्र वासंती

लिखी है नाम यह किसके,
तुम्हारी उम्र वासंती?
अधर पर रेशमी बातें,
नयन में मखमली सपने।
लटें उन्मुक्त-सी होकर,
लगी ऊंचाइयां नपने।
शहर में हैं सभी निर्धन,
तुम्ही हो सिर्फ धनवंती।
तुम्हारा रूप अंगूरी,
तुम्हारी देह नारंगी।
स्वरों में बोलती वीणा,
हंसी जैसे कि सारंगी।
मुझे डर है, न बन जाओ,
कहीं तुम एक किंवदंती।
तुम्हें यदि देख ले तो,
ईर्ष्या वो उर्वशी कर ले।
झलक यदि मेनका पा ले,
तो समझो खुदकुशी कर ले।
कहो तो प्यार से रख दूं,
तुम्हारा नाम बैजंती।
धवल-सी देह के आगे,

शरद का चांद भी फीका।
सुकोमल गाल पर का तिल,
नजर का लग रहा टीका।
तुम्हारा कौन राजा नल?
बताओ आज दमयंती।

नखरे सलाई के

आ गये दिन लौट कर,
कंबल, रजाई के।
सज गये दूकान पर फिर ऊन के गोले,
पत्नियों के हाथ में टंगने लगे झोले,
देखने लायक हुए,
नखरे सलाई के।
धूप पाकर यूं लगा, ज्यों मिल गई नानी,
और पापा-सा लगा प्रिय गुनगुना पानी,
हो गये चूल्हे,
कटोरे रसमलाई के।
ले लिया बैराग मलमल और खादी ने,
डांट की चाबुक थमा ली आज दादी ने,
कान तक टोपा दिखा,
शैतान भाई के।
क्या शहर, क्या गांव, क्या छोटा-बड़ा तबका,
प्यार उमड़ा जा रहा है धूप पर सबका,
भेज दो अब तार,
सूरज को बधाई के।
उठ गये क्या देव? सोये भाग्य सब जागे,
टूटने-जुड़ने लगे फिर स्वप्न के धागे,
हर तरफ चर्चे चले
मांडे-सगाई के।

और मैं हूं पर्यटक सा

आप झीलों की तरह हैं,
और मैं हूं पर्यटक-सा।
बस निहारे जा रहा हूं,
मुग्ध होकर एकटक-सा॥
कौन सी खूबी तुम्हारी,
जो न मन को मोहती है।
आंख हर दिन बस तुम्हारी,
बाट पल-पल जोहती है।
रोज खिंचता आ रहा हूं,
उस तरफ मैं बेझिझक-सा।
आइए, खो जाइए, मैं
आजकल जंगल घना हूं।
आपको दुनिया न देखे,
इसलिये बीहड़ बना हूं।
देखकर अपना मिलन,
यह वक्त जाएगा ठिठक-सा।
खूब आकर्षित किया है,
इन लुढ़कती-सी लटों ने।
हर लहर का ध्यान खींचा,
ओंठ के गीले तटों ने।
रूप की इन वादियों में,

मैं गया पूरा भटक-सा।
धूप यदि तुमको लगी तो,
शामियाने-सा तनूंगा।
तुम बनोगे नर्मदा तो,
मैं अमरकंटक बनूंगा।
सोचकर बस बात इतनी,
मैं गया मानो महक-सा।
फूल से बस दो घड़ी का,
वास्ता है तितलियों का।
उम्र भर होता बसेरा,
कब प्रवासी पक्षियों का।
मांग जैसा सज न पाऊं,
तो लगा लो बस तिलक-सा।

विनोद श्रीवास्तव

जन्म : 2 जनवरी, 1955

शिक्षा : एम.ए. (हिंदी, अर्थशास्त्र)

पिता : श्री शिवकुमार श्रीवास्तव

माता : श्रीमती शांति देवी

सम्प्रति : दैनिक जागरण एवं लक्ष्मी देवी ललित कला अकादमी कानपुर से सम्बद्ध।

साहित्यिक उपलब्धियां

: आठवें दशक से ही गीत विधा में सक्रिय। 'भीड़ में बांसुरी', 'अक्षरों की कोख में' (गीत संग्रह) प्रकाशित। प्रेम गीतों का संकलन प्रकाशनाधीन। देश के सभी प्रमुख पत्र-पत्रिकाओं, समाचार-पत्रों में गीतों का प्रकाशन। आकाशवाणी, दूरदर्शन से नियमित प्रसारण। देश के लगभग सभी प्रतिष्ठित काव्य मंचों से गीतों का सस्वर पाठ। शिल्प की नवीन सघनता एवं शाश्वत प्रेम गीतों के कारण श्रोतागण में

		चर्चित एवं वरिष्ठ जनों द्वारा प्रशंसित कवि।
पुरस्कार एवं सम्मान	:	हिंदी साहित्य सेवा के लिए 'श्री पद्म' से सम्मानित। मोती लाल वोरा (पूर्व राज्यपाल, उ.प्र.), बलिराम भगत (पूर्व राज्यपाल, राजस्थान) एवं डी.एन. चतुर्वेदी के द्वारा सम्मानित। अन्य सांस्कृतिक, सामाजिक संस्थाओं द्वारा सम्मानित।
संपर्क सूत्र	:	'आनयन' म.नं.-695, सेक्टर-ई, कृष्ण विहार, आवास विकास, कल्यानपुर, कानपुर-208017
दूरभाष	:	(0512) 2575366, मो. 9838987346

नदी का सपना

पहले हमें नदी का सपना
आते-आते आया था
लेकिन अब मरुथल का कम्पन
जाते-जाते जायेगा

जब सांसों में आग नहीं थी
बादल तुम तो यहीं रहे
अब छाया की पड़ी जरूरत
आंचल तुम भी नहीं रहे

पहले हमें नाम का जपना
आते-आते आया था
लेकिन अब परिचय का बंधन
जाते-जाते जायेगा

हमें बताया गया कि मेला
मन की सारी पीर हरे
लेकिन उत्सव में होना तो
मन को और उदास करे

पहले हमें गंध में रहना
आते-आते आया था
लेकिन अब प्राणों का चंदन
जाते-जाते जायेगा

अब न डोलती घर आंगन में
महकी धूप महावर सी
इन आंखों में तैर रही है
कोई शाम सरोवर सी

पहले हमें गीत में बहना
आते-आते आया था
लेकिन सब सुधियों का दंशन
जाते-जाते जायेगा

नदी अचानक सिहर उठी

फिर नदी अचानक सिहर उठी
यह कौन छू गया सांझ ढले

संयम से बहते ही रहना
जिसके स्वभाव में शामिल था
दिन-रात कटावों के घर में
ढहना ही जिसका प्रतिफल था

वह नदी अचानक लहर उठी
यह कौन छू गया सांझ ढले

छू लिया किसी सुधि के क्षण ने
या छंदभरी पुरवाई ने
या फिर गहराते सावन ने
या गंधमई अमराई ने

सोते पानी में भंवर उठी
यह कौन छू गया सांझ ढले

कैसे फूटा इसके जल में–
सरगम, किसने संगीत रचना

मिलना मुश्किल जिसका जग में
कैसे इसमें वह गीत बचा

अलसायी धारा संवर उठी
यह कौन छू गया सांझ ढले

जैसे तुम सोच रहे साथी

जैसे तुम सोच रहे साथी
वैसे आजाद नहीं हैं हम

पिंजरे जैसी इस दुनिया में
पंछी जैसा ही रहना है
भरपेट मिले दाना-पानी
लेकिन मन ही मन दहना है

जैसे तुम सोच रहे साथी
वैसे संवाद नहीं हैं हम

आगे बढ़ने की कोशिश में
रिश्ते नाते सब छूट गये
तन को जितना गढ़ना चाहा
मन से उतना ही टूट गये

जैसे तुम सोच रहे साथी
वैसे आबाद नहीं हैं हम

पलकों ने लौटाये सपने
आंखें बोलीं अब मत आना
आना ही तो सच में आना
आकर फिर लौट नहीं जाना

जितना तुम सोच रहे साथी
उतना बरबाद नहीं हैं हम

बांह में बांह डाले हुए

बांह में बांह डाले हुए
आइये हम चलें घाटियों में
देखिये मेघ काले हुए
आइये हम चलें घाटियों में

फूल से फूल की बतकही
देह में गुदगुदी कर रही
गंध से महमहाती हुई
इंद्रधनुषी हवा फिर बही

क्षण प्रणय के हवाले हुए।
आइये हम चलें घाटियों में

मृत्यु से भी अधिक वर्जना
हम करें नेह की सर्जना
हो रही है नशीली घटा
दूर आकाश में गर्जना

बिजलियों के उजाले हुए
आइये हम चलें घाटियों में

दूर भी दूरियां कीजिए
पावसी नीर में भीजिए
शाम बेहोश करने लगी
कुछ सहारा हमें दीजिए

ये अधर प्यास वाले हुए
आइये हम चलें घाटियों में

डॉ. विष्णु सक्सेना

जन्म : 12 जनवरी, 1959

शिक्षा : बी.ए.एम.एस. (राज. वि.वि., जयपुर)

पिता : स्व. श्री नारायण प्रकाश सक्सेना

माता श्रीमती सरला देवी

साहित्यिक उपलब्धियां

: पुस्तक 'मधुबन मिले ना मिले', 'आस्था का शिखर' (आलेख), 'खुशबू जुटाता हूं मैं', 'स्वर अहसासों के। देश के प्रतिष्ठित पत्र-पत्रिकाओं में साहित्यिक एवं चिकित्सा-संबंधी लेखों का निरंतर प्रकाशन। आकाशवाणी तथा दूरदर्शन के राष्ट्रीय प्रसारणों में अनेक बार काव्य-पाठ। कैसेट 'शंख और दीप', 'प्रेम कविता', 'तुम्हारे लिए' (सी.डी.)। अमेरिका, दुबई, ओमान, इजराइल, थाईलैंड, हांगकांग की अनेक बार यात्राएं।

पुरस्कार एवं उपलब्धियां

: 'मनहर पुरस्कार' (बंबई), 'देवी लाल सामर' (उदयपुर), 'श्रेष्ठ गीतकार सम्मान' (उज्जैन), 'सुनील बजाज सम्मान' (कटनी), 'निर्झर साहित्य सम्मान' (कासगंज), 'महादेवी वर्मा सम्मान' (फर्रुखाबाद), गीत गौरव सम्मान (एटा) इत्यादि।

संपर्क सूत्र : दयाल क्लीनिक, पुरानी तहसील रोड, सि. राऊ.

दूरभाष : (05721) 244380
मो. 9412277268

तुम हवा बन सको...

तुम हवा बन सको नाप लूं मैं गगन,
फिर कोई डर नहीं मुझको तूफान से।
तुमने छोड़ा अगर कोई तीरे नजर,
ये परिंदा चला जायेगा जान से।

चलते-चलते हवा लड़खड़ाने लगी
ये तुम्हारी ही सांसों का होगा असर,
जब से छू ली हैं तुमने मेरी उंगलियां
रात लगने लगी है मुझे दोपहर,
जब नशा दे दिया तो सहारा भी दो
फायदा क्या हुआ जान पहचान से।

प्यार से धीरे-धीरे ये रखना कदम
ठेस दिल की जमीं को लगे ना कहीं,
जो भी कहना है कह दो मेरे कान में
मैं जमाने से हरगिज कहूंगा नहीं,
जब भी बातें करूं तुमसे ऐसा लगे
मिल रहा हो कोई अपने भगवान से।

जब भी सागर किनारे गया रेत में
एक जोड़ा घरौंदे बनाता मिला
मैंने समझाया कोशिश ये बेकार है
फिर भी सपनों को दिन में सजाता मिला
फूंक कर चाहे कितने ही रखो कदम
गलतियां हो ही जाती हैं इंसान से।

मेहंदी रचाया करो..

दूधिया हाथ में, चांदनी रात में,
बैठ कर यूं न मेहंदी रचाया करो।
और सुखाने के करके बहाने से तुम
इस तरह चांद को मत जलाया करो॥

जब भी तन्हाई में सोचता हूं तुम्हें
सच, महकने ये लगता है मेरा बदन,
इसलिये गीत मेरे हैं खुशबू भरे
तालियों से गवाही ये देता सदन,
भूल जाते हैं अपनी हंसी फूल सब
सामने उनके मत मुस्कराया करो।

सांझ कब ढल गयी कब सवेरा हुआ
रात भर बात जब मैंने की रूप से
मुझको जुल्फों में अपनी छुपाते न गर
बच न पाता जमाने की इस धूप से,
लोग हाथों में लेकर खड़े हैं नमक
जख्म अपने न सबको दिखाया करो।

मेरा तन और मन हो गया है हरा
तुम मिले जब से धानी चुनर ओढ़कर
जिन किताबों के पन्नों को तुमने छुआ
आज तक उन सभी को रखा मोड़कर
खत जो भेजे थे मैंने तुम्हारे लिये
मत पतंगें बनाकर उड़ाया करो।

सो जाऊंगा ओढ़कर

मैं वहीं पर खड़ा तुमको मिल जाऊंगा
जिस तरह जाओगे तुम मुझे छोड़कर,
अश्क पी लूंगा और गम उठा लूंगा मैं
तेरी यादों को सो जाऊंगा ओढ़कर।

जब भी बारिश की बूंदें भिगोयें तुम्हें
सोच लेना कि मैं रो रहा हूं कहीं,
जब भी हो जाओ बेचैन ये मानना
खोलकर आंख मैं सो रहा हूं कहीं,
टूट कर कोई कैसे बिखरता यहां
देख लेना किसी कांच को तोड़कर।

रास्ते में कोई तुमको पत्थर मिले
पूछना कैसे जिंदा रहे आज तक?
वो कहेगा जमाने ने दी ठोकरें
जाने कितने ही ताने सहे आज तक।
भूल पाता नहीं उम्रभर दर्द जब
कोई जाता है अपनों से मुंह मोड़कर।

मैं तो जब-जब भी सागर किनारे गया
मेरा लहरों ने तन तर-ब-तर कर दिया
पार जो जाऊंगा पूरी उम्मीद थी
उठती भंवरों ने पर मन में डर भर दिया
रेत पर बैठकर जो बनाया था घर
आज आया हूं खुद मैं उसे फोड़कर।

नदी कहक़हों की...

तुम नदी कहक़हों की तुम्हें आंख में
आंसुओं का समंदर दिखेगा नहीं।
सब्र का बांध यूं तो है मजबूत पर
टूट जायेगा फिर कुछ बचेगा नहीं॥

तुम तो 'कादम्बिनी' जैसी फूली फली
और शहरों के अधरों की 'सरिता' रही,
मैं 'धर्मयुग' सा हर रोज छोटा हुआ
परकटे 'हंस' की सी उड़ानें भरी,
ये तो तय है कि निःसार संसार में
सारगर्भित जो होगा बिकेगा नहीं।

जो भी गिर कर उसूलों से मुझको मिला
जाने क्यों हाथ उसको बढ़ा ही नहीं,
डाल से जो गिरा है धरा पर सुमन
आज तक देवता पर चढ़ा ही नहीं,
आत्म सम्मान के पेड़ का ये तना
टूट जायेगा पर अब झुकेगा नहीं।

ओ मेरे देवता, मुझको ये तो बता
मेरी पूजा में क्या-क्या कमी रह गयी,
मेरे अधरों पे भरपूर मुस्कान थी।
मेरी आंखों में फिर क्यों नमी रह गयी,
जो भी मिल जायेगा लूंगा सम्मान से
हाथ ये याचना को बढ़ेगा नहीं।

जिंदगी के लिये...

कुछ शहद घोल दो प्यार से बोल दो
खिड़कियां खोल दो रोशनी के लिये।
जीत भी हार भी फूल भी खार भी
चाहिए प्यार भी जिंदगी के लिये॥

धूप की आंख टेढ़ी हुई छांव पर
मार ली है कुल्हाड़ी स्वयं पांव पर,
फिर से सीना फुलाये हैं कौरव खड़े
पांडवों का लगा आज सब दांव पर
पीर उठने तो दो-चीर खिंचने तो दो
कृष्ण फिर आयेंगे द्रोपदी के लिये॥

हर कदम पे है छल-आप चलिये संभल
स्वर्ण मृगबन के मारीच आया निकल
लाज लक्ष्मण की रेखा की रख ली अगर
हो न पायेगा मकसद में रावण सफल।
थी कटीली डगर जानते थे मगर
राम वन-वन फिरे जानकी के लिये॥

इश्क है बेमजा जिसमें वादा न हो
वो सफलता ही क्या जिसमें बाधा न हो,
प्राण बिन देह जैसे अधूरी लगे।
कृष्ण आधा लगे संग राधा न हो;
उंगलियां बेअसर–कैसे निकलेगा स्वर
दो अधर चाहिये–बांसुरी के लिये॥

प्रतीक्षा में

जब कभी भी हो तुम्हारा मन चले आना
द्वार के सतिये तुम्हारी हैं प्रतीक्षा में...
हाथ से कांधों को हमने थामकर
साथ चलने के किये वादे कभी,
मंदिरों दरगाह पीपल सब जगह
जाके हमने बांधे थे धागे कभी,
प्रेम के हर एक मानक पर खरे थे हम
बैठ ना पाये न जाने क्यों परीक्षा में...
हम जलेंगे और जियेंगे उम्रभर
अपना और दीये का ये अनुबंध है,
तेज आंधी भी चलेगी साथ में
पर बुझायेगी नहीं सौगंध है,
पुतलियां पथरा गयीं पथ देखते पल-पल
आंख को शायद मिला ये मंत्र दीक्षा में...
अक्षरों के साथ बंध हर पंक्ति में
'याद' आयी है निगोड़ी गीत में
प्रीत की पुस्तक अधूरी रह गई
सिसकियां घुलने लगीं संगीत में
दर्द का ये संकलन मिल जाये तो पढ़ना
मत उलझना तुम कभी इसकी समीक्षा में...

राजेंद्र तिवारी

जन्म : 2 मार्च, 1960

शिक्षा : एम.ए. (अर्थशास्त्र)

पिता : स्व. श्री राम कैलाश तिवारी

साहित्यिक उपलब्धियां : 'जबान कागज पर' (गजल संग्रह) प्रकाशित। 'ग़ज़ल दुष्यंत के बाद', 'ग़ज़लें हिंदुस्तानी', 'प्रतिनिधि हिंदी ग़ज़लें' 'लोकप्रिय हिंदी ग़ज़लें', 'खूबसूरत ग़ज़लें', 'बेमिसाल ग़ज़लें', 'आधुनिक ग़ज़लें', इत्यादि विभिन्न समवेत संकलनों में ग़ज़लें शामिल। 'हंस', 'नवनीत', 'कथन', 'अक्षरा', 'कथादेश', 'कथाबिंब', 'समकालीन भारतीय साहित्य' इत्यादि प्रमुख पत्र पत्रिकाओं में ग़ज़लों का प्रकाशन।

पुरस्कार एवं सम्मान : 'वाकिफ रायबरेली सम्मान' (रायबरेली), 'चौमे अली एवार्ड' (भोपाल), 'हरिठाकुर स्मृति सम्मान' (छत्तीसगढ़), 'महर्षि वाल्मीकि स्मृति अलंकरण', अनुरंणिका,

निमित्ति, मानस संगम, सौरभ इत्यादि संस्थाओं द्वारा सम्मानित।

संपर्क सूत्र : 'तपोवन', 38-बी गोविंद नगर, कानपुर-208006 (उत्तर प्रदेश)

दूरभाष : 9319185981

हम वहां पर हैं...

दृष्टि में है सृष्टि का लय शून्य विस्तृत हो गया है।
देह में हैं गेह में हैं, मन 'तथागत' हो गया है।
राग है, अनुराग भी है
भोग भी है, त्याग भी है
ध्यान में वैराग भी है
किंतु भागम-भाग भी है
जल रही है जो दिये सी
एक ऐसी आग भी है
ये हुआ है न्यायसंगत या असंगत हो गया है।

रास है, संत्रास भी है
भूख है, उपवास भी है
प्यास का आभास भी है
तृप्ति का एहसास भी है
कौन सी संक्रान्ति है ये
रीति है संन्यास भी है
राम जाने योग में क्या किसका प्रतिशत हो गया है।

रूप है, शृंगार भी है
भावना का ज्वार भी है
सामने मंझधार भी है

और जाना पार भी है
ये नियति है या विसंगति
जीत भी है हार भी है
सूर्य भी आकाश पर है दिन दिवंगत हो गया है।

गंध है, अनुबंध भी है
मुक्त हैं, प्रतिबंध भी है
शूल हैं, मकरंद भी है
कष्ट है आनंद भी है
लीन हो कर गा रहा मन
चेतना का छंद भी है
हम वहां पर हैं जहां पर जहर अमृत हो गया है।

दर्पन

कितने रूप अभी धरने हैं,
कितने नाम अभी खोने हैं
पूछ रहा है मन दर्पन से,
क्या-क्या परिवर्तन होने हैं?

दर्पन, जिसमें दुनिया देखी
स्वप्न सजाये साथ तुम्हारे
कभी नील-झीलों में तैरे
कभी गगन में पंख पसारे
और गगन में उड़ते-उड़ते
अनायास बंट गई दिशाएं,
संभव है, फिर कहीं मिलें हम
अब केवल परिचय ढोने हैं।

दर्पन, जिसमें हमने अपने
कैसे-कैसे रूप निहारे
कभी रूप की बाहें थामीं
कभी प्यार के केश संवारे
किंतु अचानक जाने किससे
भूल हो गई दर्पन चिटका,

चिटके दर्पन में परछाई के
दो टुकड़े ही होने हैं।

दर्पन, जिसमें भीगी आंखों
लेते विदा दिखे दो तारे
दोनों गुमसुम सोच रहे थे
हम क्या जीते हम क्या हारे?
एक अनुत्तर प्रश्न स्वयं से
आख़िर ऐसा क्यों होता है,
अब तक जान नहीं पाया हूं
ये किसके जादू-टोने हैं?

जीवन का दांव

भाग-दौड़ रातों-दिन
थमे नहीं पांव।
दुविधा में हार रहे
जीवन का दांव।
हर यात्रा भटकन के नाम हो गई
घर-दफ़्तर दुनिया में इस तरह बंटे
सूरज कब निकला कब शाम हो गई
जान नहीं पाये दिन किस तरह कटे
बेमतलब चिंताएं
बोझ रहीं यार
रास्ते में होगी ही
धूप कहीं छांव।
अपनी हर सुविधा के तर्क गढ़ लिये
चार अक्षर पढ़ करके ढीठ हो गये
झूठे आडंबर के खोल मढ़ लिये
ख़तरों में कछुए की पीठ हो गये
प्रगतिशील होने को
शहर हुए लोग
शहरों के चक्कर में
छूट गया गांव।

कोई तक्षक न छूटे

कुछ करो ऐसा कि जिससे
सांप भी मर जाय, पर लाठी न टूटे।

हवा में पारा ज़हर का
रोज़ चढ़ता जा रहा है
अब हवा का
बदलना बेहद ज़रूरी है
विष उगलते तक्षकों का
वंश बढ़ता जा रहा है
इन फनों को
कुचलना बेहद ज़रूरी है

उठो जनमेजय करो फिर
यज्ञ लेकिन अब कोई तक्षक न छूटे।

नीति बंधक हो गई है
अर्थ की अनुचर व्यवस्था है
शस्त्र-विद्या
सिर्फ 'पांडव' सीख सकते हैं
लाख प्रतिभा हो, मगर

हर एक अवसर 'पार्थ' का है
कर्ण अधिरथ-पुत्र हैं,
बस चीख सकते हैं

द्रोण 'अर्जुन' के लिए
फिर मांगते हैं 'एकलव्यों' के अंगूठे।

लोकतंत्र

योजना उजाले की फेल हो गई।
मौसम की साज़िश का हो गया शिकार,
लगता है सूरज को जेल हो गई।

संसद से आंगन तक, रोज़ बजट घाटे का
आसमान छूता है, भाव दाल-आटे का
महंगी तन ढकने को, हो गई लंगोटी भी
ख़तरे में दिखती है, चटनी और रोटी भी

सपने, उम्मीदें, सब खुशियां, त्योहार,
लील गई महंगाई 'ह्वेल' हो गई।

देश, धर्म, नैतिकता, नारों के हिस्से हैं
लोकतंत्र नाटक है, कुर्सी के किस्से हैं
सब अवसरवादी हैं, सत्ता के भूखे हैं
खादी के कपड़ों के पीछे बंदूकें हैं

जिसकी बंदूकें, है उसकी सरकार,
राजनीति गुंडों का खेल हो गई।

इनकी क्या ग़लती है, सत्ता तो सत्ता है
सारी सुविधाएं हैं, ऊपर से भत्ता है
मुश्किल से मिलती है, कुर्सी कुछ वर्षों की
कैसे फिर याद रहें बातें आदर्शों की।

सत्ता की मदिरा का छा गया खुमार,
चढ़ गई शराब 'कॉकटेल' हो गई।
लगता है सूरज को जेल हो गई।

प्रमोद तिवारी

जन्म : 31 जनवरी, 1960

शिक्षा : एम.ए. (समाजशास्त्र)

पिता : स्व. पंडित श्री गोपाल तिवारी

माता : श्रीमती प्रभा तिवारी

सम्प्रति : संपादक, हेलो कानपुर (साप्ताहिक) एवं लेखन

साहित्यिक उपलब्धियां

: 'सलाखों में ख्वाब' प्रकाशित ग़ज़ल संग्रह, 'कारीगर' (कहानी संग्रह), 'धूप में चांदनी' (गीत संग्रह) शीघ्र प्रकाश्य। लाल किला सहित देश के लगभग सभी स्थापित मंचों से काव्य पाठ। दूरदर्शन – आकाशवाणी से गीत-ग़ज़लों का प्रसारण एवं लगभग समस्त स्थापित पत्र-पत्रिकाओं में रचनाओं का प्रकाशन।

पुरस्कार एवं सम्मान : ग़ज़ल संग्रह 'सलाखों में ख्वाब', उत्तर प्रदेश हिंदी संस्थान से पुरस्कृत। गीत रचना के लिए 'महादेवी वर्मा सम्मान', ग़ज़ल

		के लिये जिगर अकादमी द्वारा 'साहित्य सेवा सम्मान', पत्रकारिता के लिये दक्षिण एशिया बिरादरी द्वारा 'गणेश शंकर विद्यार्थी-2007 सम्मान' सहित विभिन्न संस्थाओं द्वारा पुरस्कृत एवं सम्मानित।
संपर्क सूत्र	:	67, पत्रकार पुरम् (केसा कॉलोनी के पीछे) आजाद नगर-21
दूरभाष	:	09415726801, 09335907374

हम सूरज हैं

हम सूरज हैं,
हम ढले नहीं–
हम सूरज हैं।
हम जिस क्षण से अपने पैरों पर खड़े हुए,
उस क्षण से अब तक उसी ठौर पर बड़े हुए।
हम पल भर को भी टले नहीं,
हम सूरज हैं,
हम ढले नहीं।
तुम मेरी आंखों से कब ओझल होते हो,
ये तुम ही हो, जो आंख बंद कर सोते हो।
हम आंखों-आंखों पले नहीं
हम सूरज हैं।
हम ढले नहीं।
तुम कहते हो हम केवल दहते-रहते हैं,
हम दहते हैं तो नदियां, झरने बहते हैं।
हिमखंड गले, हम गले नहीं,
हम सूरज हैं,
हम ढले नहीं।
हम रोज़ तुम्हें सिंदूरी पूरब देते हैं,
बदले में तुमसे पश्चिम का विष लेते हैं।

फिर भी तुम फूले-फले नहीं,
हम सूरज हैं,
हम ढले नहीं
हम सूरज हैं।

चांदनी में गीत

चांद तुम्हें देखा है पहली बार
ऐसा क्यों लगता मुझको हर बार
कभी मिले फुरसत बतलाना यार
चांद तुम्हें...।
कभी कटोरा लगे दूध का कभी बर्फ का टुकड़ा,
कभी रुई के फाहे जैसा गोरा-गोरा मुखड़ा।
तेरी उपमाओं को देख ठगा-ठगा संसार,
चांद तुम्हें देखा है पहली बार...
लुका-छिप्पी का खेल खेलती जैसे कोई लड़की,
आसमान से झांक रही है खोले घर की खिड़की।
उस खिड़की से तेरे संग-संग झांके मेरा यार
चांद तुम्हें देखा है पहली बार...
बादल के घूंघट से बाहर जब भी तू निकला है,
मैं क्या मेरे साथ समंदर तक मीलों उछला है।
आसन पर बैठे जोगी को जोग लगे बेकार,
चांद तुम्हें देखा है पहली बार...
रूप तुम्हारा एक मगर वो सौ-सौ रंग दिखाये,
कोई देख तुझे व्रत खोले, कोई ईद मनाये।
घटता-बढ़ता रूप तुम्हारा तय करता त्योहार,
चांद तुम्हें देखा है पहली बार....
अब तू मुझको पूरा-पूरा नजर नहीं आता है

छज्जे के आगे बिल्डिंग का टॉवर पड़ जाता है
बच्चे भी मामा कहने को तुझे नहीं तैयार
चांद तुम्हें देखा है पहली बार...
मेरी आवारा रातों को तूने दिया सहारा
तू ना सोया वरना तो दुनिया ने किया किनारा।
तू भी सो जाता तो मेरा क्या होता सरकार,
चांद तुम्हें देखा है पहली बार...

चांदनी खिली है चारो ओर

चलो झील के किनारे चलें,
चांद को पुकारें चलें–
चांदनी खिली है चारो ओर...।
झील के किनारे होंगे चांदनी के फेरे,
चांदनी के फेरे होंगे आसमान घेरे।
आसमान से पूछेंगे, है कहां अंधेरे,
चांद से कहेंगे अब तक थे कहां चितेरे।
चलो बोल बतियाने चलें,
मौन गुन गुनाने चलें–
चांदनी खिली है चारो ओर...
याद नहीं मनुहारों को रूठना मनाना,
रूठने मनाने वाला गीत गुनगुनाना।
रूप को लगा है लगने आइना पुराना,
आंख में छुपा है फिर भी ख्वाब का खजाना।
चलो रूठने मनाने चलें,
लूटने खजाने चलें–
चांदनी में खेलें चोर-चोर...।
जिस जगह मिले थे, पहली बार वह कहां है?
जिस जगह खिले थे, हरसिंगार वह कहां है?
जिस जगह खड़े हैं, हम आधार वह कहां है?

प्यार वह कहां है, अभिसार वह कहां है?
चलो फिर उसी ठिकाने चलें,
पाठ दोहराने चलें–
चांदनी की थामे-थामे ओर...

यह शहर तुम्हारे लिए शहर होगा

दिन आवारा बंजारों से
रातें कटती तलवारों से,
पैरों को सड़क नहीं मिलती
सड़कें चलती हैं कारों से।
कारों और नारों में उलझा,
जीवन चौराहों पर होगा–

यह शहर तुम्हारे लिए शहर होगा।
यह शहर हमारे लिए ज़हर होगा॥
जब नया-नया बाशिंदा था
तब थोड़ा-थाड़ा जिंदा था,
अब रटा-रटाया तोता हूं
पहले उन्मुक्त परिंदा था।
आ फंसा धुएं के पिंजरे में,
धोखे में था अंबर होगा–

यह शहर तुम्हारे लिए शहर होगा।
यह शहर हमारे लिए ज़हर होगा।
सोचा था जंगल छोड़ दिया,
पथ को मंगल से जोड़ दिया।
लेकिन रौशन चौराहों ने
अंधी गलियों में मोड़ दिया।

अंधी गलियों में लुटा-पिटा,
हर शख्स जहां घर-घर होगा,
यह शहर तुम्हारे लिए शहर होगा।
यह शहर हमारे लिए ज़हर होगा॥

रमेश शर्मा

जन्म	:	6 अप्रैल, 1961
शिक्षा	:	बी.ए.
पिता	:	स्व. श्री मोहनलाल शर्मा
माता	:	श्रीमती शारदा देवी
सम्प्रति	:	किराना व्यवसाय (गरिमा प्रोविजन स्टोर एवं लेखन।)

साहित्यिक उपलब्धियां

: आकाशवाणी चित्तौड़गढ़, उदयपुर-सब टी.वी. दूरदर्शन व स्थानीय चौपाल से प्रसारण, पत्र-पत्रिकाओं एवं समाचार पत्रों में रचनाएं प्रकाशित।

पुरस्कार एवं सम्मान

: 'शारदा गुप्ता पुरस्कार' (गाजियाबाद), स्व. श्री विश्वम्भर सहाय 'प्रेमी' सम्मान (मेरठ), पहल सम्मान (2007, चित्तौड़गढ़) लाल किले के कवि सम्मेलन में दो बार काव्य-पाठ का अवसर।

विशेष	:	कवि ने पन्द्रह वर्षों तक चित्तौड़गढ़ रेलवे स्टेशन से बाहर चाय बेचकर परिवार का भरण-पोषण किया। पिता की अल्पायु में ही मृत्यु के कारण परिवार की जिम्मेदारी कंधों पर आ गई। कविताओं का शौक बचपन से ही था। वरिष्ठ कवियों के आशीर्वाद से मंचों पर अवसर मिला है। कविताओं को विद्वान साहित्य प्रेमी से लेकर साधारण श्रोता तक सबने सराहा।
सम्पर्क सूत्र	:	गरिमा प्रोविजन स्टोर सेंथी हाउसिंग बोर्ड संगवा रोड चित्तौड़गढ़ (राजस्थान) मोबाइल-09414249133

प्रिये गांव मेरे तू चल

प्रिये गांव मेरे तू चल, तेरे शहर में क्या धरा है?
वहां बोली में है शहद, यहां तो बोतलों में भरा है–
आई थी बरसात जो उस दिन, तेज हवाओं वाली।
आंगन में ही छूट गए थे लोटा, चिमटा, थाली।
दौड़ के तूने बड़े चाव से, रखा था जो छत पर–
दिन भर झूम के बरसा, फिर भी तो बर्तन खाली।
मेरा सीढ़ीदार कुंआ, वहां आके मुंह तक भरा है। प्रिये..

ना भंवरे ना पवन झकोरे, ना तितली ही आती।
गमलों में तू फूल खिला, ये कैसा सावन लाती।
तेरी नरम, मुलायम मिट्टी हो न सकी उपजाऊ–
गांव के मंदिर पीपल फूटा छेद दीवार की छाती।
जहां बंधती है मेरी गाय वो ठूंठ तक भी हरा है। प्रिये...

पीपल पत्थर पूजे, मांगे अच्छा वर की मनौती।
भोली लड़कियां, देवलोक को, दे देती हैं चुनौती।
तू है ढूंढ़ती प्रेम वेदना, वैलेंटाइन डे, में–
वो है मानती फाग रंग को, अपनी प्रेम बपौती।
उनके विश्वास का सोना, चल देख कितना खरा है। प्रिये..

लज्जा जिसकी जितनी ज्यादा ताकी झांकी जाये।
लिपे पुते मुखड़ों पे, लीपें नकली वो मुस्कानें–

चाल का असली ठुकमा भूली आंकी बांकी जाये।
मेरे गांव में कन्डे बीनती एक सांवली अप्सरा है। प्रिये...

गोली तरह-तरह की नीली पीली काली खाये।
रोग है गौरी कैसा तुझको, मुझे समझ ना आये।
नाचे, चीखे, कूदे कांपे, लगे भले ही भद्दे–
भूत बावजी चिमटा पीटे रोग हिरण हो जाये।
तुझे सुख में भी नहीं चैन, वहां दर्द भी मसखरा है। प्रिये...

दादी का तू नुस्खा ले ले, व्यर्थ दवा अंग्रेजी।
फांक भभूत जो मेरी मां ने, बड़े प्यार से भेजी।
बैठे बिठाये शहर में मेरे, कब्ज, अपच, बेचैनी–
थकन, घुटन सरदर्द, आफरा, रक्तचाप में तेजी।
वहां नेह में है धुली, यहां देह में शर्करा है। प्रिये...

मुझे वो चिट्ठी लौटा दो

ए दूरभाष की सुविधाओं, मुझे वो चिट्ठी लौटा दो।
फाड़ के फैंकी, उस चिट्ठी का पुरजा पुरजा ला दो।
मुझे वो चिट्ठी लौटा दो।
चिट्ठी आये या ना आये, भय, संशय व्याकुलता।
आंख उनींदी, नींद ना आये, एक आनंद अलग सा।
चिट्ठी तो बढ़ चढ़कर लिखना, सम्मुख थर-थर कम्पन –
भय के पांवों दबे समर्पण का सम्बंध अलग सा।
मन के मौलिक सुख-दुख की उस दुनिया को दोहरा दो।
मुझे वो चिट्ठी लौटा दो।

वो भी दिन थे, घर में जब-जब चिट्ठी कोई आती।
अनपढ़ दादी मनुहारें कर, पोलों से पढ़वाती।
अपने नाम नमस्ते पढ़कर, काका खुश हो जाते–
वन्दन चरण का पढ़ के ताई, फूली नहीं समाती।
अपनी नहीं मिले तो चिट्ठी औरों की ही ला दो।
मुझे वो चिट्ठी लौटा दो।

सोच के लिखी, जांच के लिखी, काट छांट कर लिखी।
रात गये तक जाग लिखी, कुछ छत पे छुप कर लिखी।
क्या सोचेगी, उसकी जगह खुद को रख के सोचा–
पूरी कापी फाड़ के लिखी–एक जरा सी चिट्ठी।

उसकी किताबों में खत मेरे, चुपके से रखवा दो।
मुझे वो चिट्ठी लौटा दो।

छोटे बच्चे को लालच दे, भेजे ख़त का उत्तर।
कंकर से लिपटे कागज में लिखा हुआ आया था।
ख़त लिखती हूं खून से, स्याही तुम न समझना प्रियतम–
ऐसे ही कुछ शेरों के संग, फूल बनवाया था।
उस मुशायरे की जाजम फिर-कागज पे बिछवा दो।
मुझे वो चिट्ठी लौटा दो।

फुर्सत की रातों में हम संदूक संभाला करते।
सभी पुराने ख़त पढ़कर, यादों का उजाला करते।
उसने सीधे, सरल भाव से लिखा होगा फिर भी–
एक ही बात के जाने, कितने अर्थ निकाला करते।
चाबी गुम है, तार से तुम, संदूक मेरा खुलवा दो।
मुझे वो चिट्ठी लौटा दो।

प्यार में भी तू

प्यार में भी तू पूरा बुद्धिमान है।
लाभ-हानि का सारा तुझे ज्ञान है।
लज्जा, जिद, इंकार निवेदन, ठोकर, पीड़ा, मनुहारें।
आंसू, आंखें, रात, करवटें, कस्में वादे दीवारें।
जीने-मरने, हंसने-रोने, गाने की साझेदारी–
ना में हां से संदेशे वो, जीत का सुख देती हारें।
मूर्खता का ये सब सामान है।
लाभ...

प्यार भी कुछ है, पर सब कुछ हो, तुझको ये स्वीकार नहीं
सुविधाओं में प्यार है तुझ को बाधा है तो प्यार नहीं
आंधी, पानी, तूफानों की विपदाएं तो कौन कहे–
हल्की गर्म हवाएं तक तू सहने को तैयार नहीं।
धूप ही क्या, साये से सावधान है।
लाभ...

रची हथेली के फूलों में कभी न मेरा नाम लिखा।
दो पहलू हर बात में रखे, सुबह को तूने शाम लिखा।
जासूसी किस्सों में जैसे समझो, किसको, निकले कौन-
शंकर सभी समझते थे पर, पाया अंत में राम लिखा।
क्यों कब कैसे, क्या होगा सब ध्यान है।
लाभ...

पौष धूप में दो आंखें, दे छांव हथेली तकती थी।
मैं ना जाना, मेरे पीछे, मुझ से ऊंची छत भी थी।
अंगूरों के बाग का स्वामी, तब तक छत पर ना आये।
मेरे खट्टे बेर की गुठली, जब तक तुम को जंचती थी।
गौण है गुण, धन ज्यादा गुणवान है।
लाभ...

जिनकी चाहत धन, यौवन और रूप के मोल पे बिकती है
उनको बालम का बचकानापन भी अदा ही दिखाती है।
तू ने छैनी से पत्थर पे, फूल लिखा, मिट जायेगा–
नहीं मिटेगा वो दरिया, जो रेत पे उंगली लिखती है
मन के सौदे में, मन का भुगतान है।
लाभ...

मुझे उसने गीत लिखाये

मुझे उसने गीत लिखाये
वो ही मुझको गीत सिखाये।
उकताहट का करती प्रदर्शन, अरुचि साफ जताये
प्राण मेरे गीतों का वो ही, पर वो बूझ न पाये।
गीत सुनाऊं, ना समझो-सी मुंह फाड़े रह जाये।
मुझे उसने...

रात रोते गाते बोली गीत के लिए।
शब्द सींचे उसी के संगीत के लिए।
मारा मन, मनमौजी मीत के लिए।

भाव भरे गीतों के पन्ने उस तक जब पहुंचाये
कुछ की नाव बना डाली, कुछ वायुयान बनाये–
मुझे उसने...

सखियों से किस्से कैसे-कैसे मांग लाई।
सिंहासन बत्तीसी, तोता-मैना, हातिमताई
भूतनाथ आया, चंद्रकान्ता भी आई।

शरद्, निराला, यशपाल सभी-बिन बांचे ही लौटाये
देवदास मैं भेजूं, अकबर बीरबल वो मंगवाये।
मुझे उसने...

जीउं, मरूं, हंसू, रोऊं, गाडे, उसे क्या?
रूठूं, मान जाऊं, या मनाऊं उसे क्या?
मन किसी तन से, लगाऊं उसे क्या?

भोली निष्ठुरता से मेरे घर की नींव हिलाये।
गली में 'घर-घर' खेल रही, भुट्टे की मूंछ लगाये।
मुझे उसने...

देखूं उसे खुश दीखूं, यूं ही खिलखिलाऊं।
राह जो भी चले, उसके सामने से आऊं।
देखता भी रहूं अनदेखा भी जताऊं।

प्रेम पथिक मन होने प्रकट कुछ, इस तरह पगलाये।
मधुमक्खी के छत्ते वाली, आम की डाल हिलाये।
मुझे उसने...

कभी सोम, कभी गुरु, कभी शनिवार।
व्रत, उपवास, कथा और फलाहार।
वर्ष भर हर माह कोई त्यौहार।
कीर्तन में श्रद्धा से संग-संग कांपते स्वर में गाये।
लय बिगाड़ दे पंडित की, ताली बेताल बजाये।
मुझे उसने...

बुद्धिसेन शर्मा

जन्म : 26 दिसम्बर 1941

पिता : स्व. श्री गुरु प्रसाद शर्मा

माता : स्व. श्रीमती देवकी

साहित्यिक उपलब्धियां

: किशोरावस्था से ही काव्य में रुचि। उत्साही साहित्यसेवी के रूप में विभिन्न पत्र-पत्रिकाओं का प्रकाशन कानपुर एवं कलकत्ता से स्वयं तो किया ही दूसरों से भी प्रकाशित कराने में सर्वाधिक महत्त्वपूर्ण भूमिका निभाई। इस कार्य के लिए बार-बार आर्थिक कठिनाइयों का सामना करना पड़ा। प्रारंभ में दोहे, सवैया, घनाक्षरी, छप्पय, कुंडलियां, मालिनी, बरवै, सोरठा, चौपाई इत्यादि मात्रिक– वर्णिक छन्दों से लेकर अब तक गीत-प्रगीत आदि विधाओं में काव्य रचना।

डॉ. जगदीश गुप्त और विजय देव नारायण साही के संपादन में प्रकाशित 'नई कविता' में रचनाएं

स्वीकृत-समादृत। काव्य के अतिरिक्त कहानी, नाटक, रेडियो रूपक, निबंध, समीक्षा आदि प्रायः सभी विधाओं में लेखन। धर्मयुग, साप्ताहिक हिन्दुस्तान, कादम्बिनी, नवनीत तथा अन्य प्रतिष्ठित पत्र-पत्रिकाओं में रचनाओं का प्रकाशन तथा आकाशवाणी और दूरदर्शन के विभिन्न केन्द्रों द्वारा समय-समय पर उनका प्रसारण। मित्र प्रकाशन लि., इलाहाबाद द्वारा प्रकाशित, महिलाओं की पाक्षिक पत्रिका 'मनोरमा' में उप संपादक के रूप में कार्यरत थे।

गत 1975 से निरंतर ग़ज़ल लेखन। कवि सम्मेलनों एवं मुशायरों में साहित्यिक दार्शनिक-सामाजिक सरोकारों से जूझने वाले लोकप्रिय शायर के रूप में प्रतिष्ठित।

पुरस्कार एवं सम्मान : 1991 में भारत के उपराष्ट्रपति महामहिम डॉ. शंकर दयाल शर्मा के कर कमलों से 'साहित्य श्री' अलंकरण से सम्मानित।

1995 में भारती परिषद, प्रयाग द्वारा सारस्वत सम्मान तथा अन्य अनेक सम्मान।

(गाजियाबाद), स्व. श्री विश्वम्भर सहाय 'प्रेमी' सम्मान (मेरठ), पहल

		सम्मान (2007, चित्तौड़गढ़) लाल किले के कवि सम्मेलन में दो बार काव्य-पाठ का अवसर।
संपर्क	:	14/10, करेला बाग, लेबर कॉलोनी, इलाहाबाद-211003
दूरभाष	:	(0532) 657075, 09451178732

समुंदर में सवेरा

वहीं हीरा निकलता है वहीं कोयला निकलता है,
तो क्या दोनों का आपस में कोई रिश्ता निकलता है।
किसी उम्मीद के पीछे हमेशा भागते रहना,
बराबर सोचते रहना कि आगे क्या निकलता है?
मुझे ऐ रास्तों पल भर ठहरने की इजाज़त दो,
कहीं चलते हुए भी पांव का कांटा निकलता है।
किसी इनसान को अपने से छोटा क्यों समझते हो,
कोई क़तरा हो अपने आप में दरिया निकलता है।
फ़क़त भखी नहीं ये मछलियां पागल भी होती हैं,
जिसे चारा समझती हैं, वहीं कांटा निकलता है।
ये होना था कि दुख मांगा तो खुशियां ले के लौटा हूं,
नतीजा जानता था मैं वहां उलटा निकलता है।
वो अब कैसा है जिसका फन कुचल कर छोड़ आये थे,
निकलता ही नहीं बिल से अपने या निकलता है।
बहुत पहले वहीं पर एड़ियां रगड़ी थीं प्यासे ने,
वहीं से आज तक अमृत का एक चश्मा निकलता है।
मेरी आंखों में है बापू तेरी ये जागती आंखें,
यहीं से दूसरे संसार का रास्ता निकलता है।
ज़रूरत आदमी की कैसे-कैसे गुल खिलाती है,
जिसे दरिया समझता हूं वहीं प्यासा निकलता है।
हुई जो शाम सूरज डूब जाता है समुंदर में,
वहीं फिर ताज़ा दम हो कर सवेरे आ निकलता है।

जो तेरे घर का रास्ता जाने

दूसरा कोई उसको क्या जाने,
उसको बस उसका आईना जाने।

दिल उसे गुनगानये जाता है,
ताल जाने न मात्रा जाने।

कल्पना जिसको छू नहीं सकती,
उसका कैसे कोई पता जाने!

सब जिसे जानने में ग़र्क़ हुए,
मैं उसे पा गया बिना जाने।

द्वार मैं बंद करके बैठा था,
फिर किधर से वो आ गया जाने।

उससे कुछ इसलिए नहीं मांगा,
वह मेरे मन की कामना जाने।

उसके दर से दुआ की सूरत में,
कौन क्या ले गया ख़ुदा जाने!

उसको बहका सकी है कब दुनिया,
जो तेरे घर का रास्ता जाने।

थी अभी साथ फूल के खुशबू,
हो गयी किस घड़ी जुदा जाने।

घुट रहा हूं मैं बंद कमरे में,
खो गयी है कहां हवा जाने।

वह जो बुझ-बुझ के जल रहा है चिराग़,
ज़िदगी का वही मज़ा जाने।

क्या बिसात आंधियों में तिनकों की,
कब बिछड़ जाएं हम ख़ुदा जाने।

कोई झूठा न था

इस कदर डूबे कि फिर ख़तरे का अंदेशा न था,
फिर कोई कश्ती, कोई तूफ़ां, कोई दरिया न था।

हर मुसाफ़िर था सफ़र में एक-न-एक हसरत के साथ,
यूं अकेले थे सभी, लेकिन कोई तनहा न था।

गालियां सारी दुआएं हो गयीं मेरे लिए,
पहले क्यों मैंने कभी इस राज़ को समझा न था।

यूं हुआ, आपस में कुछ सच्चाइयां टकरा गयीं,
वरना सब सच्चे थे धरती पर कोई झूठा न था।

जाने कितने रास्ते थे, जाने कितनी मंज़िलें,
बाद उसके फिर कोई मंज़िल कोई रस्ता न था।

जितने कच्चे रंग थे सारे-के-सारे उड़ गये,
यह मेरे दिल का वरक़ इतना कभी सादा न था।

वो घड़े झुकते थे बस प्यासों की ख़िदमत के लिए,
कौन-सा पानी था उनमें जो कभी घटता न था।

यह भी सच है, देखता रहता था मेरा दिल उसे,
यह भी सच है, मेरी आंखों ने उसे देखा न था।

दूसरों के ऐब गिनवाने में माहिर थे सभी,
सामने लेकिन किसी के कोई आईना न था।

जहां मैं हूं

अजब दहशत में है डूबा हुआ मंज़र जहां मैं हूं,
धमाके गूंजने लगते हैं, रह-रहकर जहां मैं हूं।

कोई चीखे तो जैसे और बढ़ जाता है सन्नाटा,
सभी के कान हैं खुद अपनी आहट पर जहां मैं हूं।

खुली हैं खिड़कियां फिर भी घुटन महसूस होती हैं,
गुज़रती है मकानों से हवा बच कर जहां मैं हूं।

सियासत जब कभी अंगड़ाइयां लेती है संसद में,
कयामत नाचने लगती है सड़कों पर जहां मैं हूं।

समूचा शहर मेरा ज़लज़लों की ज़द पे रक्खा है,
जगह से हट चुके हैं, नींव के पत्थर जहां मैं हूं।

घुलेगी पर हरारत बर्फ में पैदा नहीं होगी,
वहां पर आदमी है बर्फ से बदतर जहां मैं हूं।

पराये दर्द से निसबत किसी को भी नहीं लेकिन,
जिसे देखो वहीं बनता है पैगंबर जहां मैं हूं।

सदन में इस तरफ हैं लोग गूंगे उस तरफ बहरे,
नहीं मिलता किसी भी प्रश्न का उत्तर जहां मैं हूं।

मज़ा लेते हैं सब एक-दूसरे के ज़ख्म गिन-गिनकर,
मगर हर शख़्स है अपने लहू में तर जहां मैं हूं।

अपनापन

चिलचिलाती धूप में सावन कहां से आ गया,
आपकी आंखों में अपनापन कहां से आ गया।

शक्ल में प्यासे परिंदे की यहां उतरा था कौन,
सूखती इस झील में जीवन कहां से आ गया।

जब वो रोया फूटकर मोती बरसने लग गये,
पास एक निर्धन के इतना धन कहां से आ गया।

दूसरों के ऐब गिनवाने का जिसको शौक़ था,
आज उसके हाथ में दरपन कहां से आ गया।

मैं कभी गुज़रा नहीं दुनिया तेरे बाज़ार से,
मेरे बच्चों के लिए राशन कहां से आ गया।

पेट से घुटने सटाकर सो गया फुटपाथ पर,
पूछो दीवाने को योगासन कहां से आ गया।

कोई बोरा तक बिछाने को नहीं है जिसके पास,
उसके क़दमों में ये सिंहासन कहां से आ गया।

मैंने तो मत्थे को रगड़ा था तेरी दहलीज़ पर,
मेरी पेशानी पे ये चंदन कहां से आ गया।

कैसे दुनिया को बतायें बंद आंखों का कमाल,
मूंदते ही आंख वो फ़ौरन कहां से आ गया।

अखिलेश तिवारी

जन्म : 27 मई, 1966

पिता : श्री गिरीश दत्त तिवारी

माता : श्रीमती विमला तिवारी

साहित्यिक उपलब्धियां

: पिछले 16-17 वर्षों से ग़ज़लों में सक्रिय। देश की तमाम प्रतिष्ठित पत्र/पत्रिकाओं (यथा हंस, कथादेश, समकालीन भारतीय साहित्य, इन्द्रप्रस्थ भारती, शेष, राष्ट्रीय सहारा, दैनिक जागरण, राजस्थान पत्रिका आदि) में समय समय पर ग़ज़लें प्रकाशित।

ग़ज़लों के विभिन्न प्रतिनिधि समवेत संकलनों (यथा आरंभ सं. प्रदीप चौबे, रसरंग सं. तुफैल चतुर्वेदी, ग़ज़ल दुष्यंत के बाद सं. श्री दीक्षित दनकौरी, हिन्दुस्तानी ग़ज़लें सं. कमलेश्वर आदि) में शामिल।

आकाशवाणी लखनऊ, जयपुर से समय-समय पर ग़ज़लों का प्रसारण।

आकाशवाणी भुवनेश्वर में आयोजित सर्वभाषा कवि सम्मेलन 2009 में शामिल।

विभिन्न संस्थाओं द्वारा सम्मानित।

लखनऊ महोत्सव के अंतर्गत आयोजित युवा महोत्सव 2005 के "युवा रत्न" सम्मान से सम्मानित।

ग़ज़लों का स्वतंत्र संकलन "आसमां होने को था" प्रकाशित।

संप्रति : भारतीय रिजर्व बैंक, जयपुर में सेवारत।

संपर्क : एम-69, रिजर्व बैंक, अधिकारी आवास, गांधीनगर जयपुर-302015

दूरभाष : (0141) 2703109, 09460434278

पिंजरे में

मुलाहिज़ा हो मेरी भी उड़ान पिंजरे में,
अता हुए हैं मुझे दो जहान, पिंजरे में,

है सैरगाह भी और इसमें आबोदाना भी,
रखा गया है मेरा कितना ध्यान, पिंजरे में।

यहीं हलाक हुआ है परिन्दा ख़्वाहिश का,
तभी तो हैं ये लहू के निशान, पिंजरे में।

फलक पे जब भी परिन्दों की सफ़ नज़र आई,
हुई हैं कितनी ही यादें जवान, पिंजरे में।

तरह-तरह के सबक़ इसलिए रटाए गए,
मैं भूल जाऊं खुला आसमान, पिंजरे में।

बहारों के तलबगार रहे

ज़िन्दगी तेरी इबादत के तरफ़दार रहे,
लाज़िमी था कि हमें राह भी दुश्वार रहे।

रो सकें आप लिपटकर, न गले मिल पाएं,
ऐसे तलवार सा खिंच जाना तो बेकार रहे।

अब मेरे शहर की रस्मों का तक़ाज़ा ये है
दिल दुखे लाख प' मुस्कान असरदार रहे।

बस इसी जुर्म पे छीनी गयीं मेरी नींदें,
क्यूं अंधेरों में मेरे ख्वाब चमकदार रहे।

है तेरी याद की पुरवाई मयस्सर मुझको
और होंगे जो बहारों के तलबगार रहे।

नज़रों की जबां

आइना हो जो मुक़ाबिल तो संवर जाना भी
किसी की झील सी आंखों में उतर जाना भी

जिस्म की हद से किसी रोज़ गुज़र जाना भी,
खुशबुओं सा कभी हर सिम्त बिखर जाना भी।

उसमें सहरा भी है ये जान सकोगे कैसे,
तुमने कश्ती से समंदर को अगर जाना भी।

दिल की बस्ती की तरफ़ भी कभी हो लेते तुम,
तुमने तो छोड़ ही रक्खा है उधर जाना भी।

सिर्फ़ लब ही नहीं नज़रों की ज़बां भी पढ़िए
उसके इक़रार में शामिल है मुकर जाना भी।

हुई ज़ंजीर थकन और सफ़र बाक़ी है,
यानी दुश्वार है चलना भी ठहर जाना भी।

यारी

हरेक शय में दलीलों की यूं शुमारी की,
जो उसने की भी मुहब्बत तो इश्तिहारी की।

भरम बना है अभी घर में कोई रहता है
जला के तुमने चरागों को होशियारी की।

बरस बरस के चुकाना है उसको अश्कों से
कभी ज़मीन से बादल ने जो उधारी की।

कोई सुराग़, न मंज़िल, न कोई उसका निशां
यहीं से खत्म हुई राह जानकारी की।

अजब नहीं कि उसे आइना न पहचाने
इसी तरह जो अंधेरों से उसने यारी की।

आइनाखाना

कहां तलक यूं तमन्ना को दर-ब-दर देखूं,
सफ़र तमाम करूं मैं भी अपना घर देखूं।

सुना है मीर से दुनिया है आइनाखाना
तो क्यों न फिर इसी दुनिया को बन संवर देखूं।

छिड़ी है जंग मुझे ले के खुद मेरे भीतर
फलक की बात रखूं या शिकस्ता पर देखूं।

हरेक शय है नज़र में अभी बहुत धुंधली
पहाड़ियों से ज़मी पर ज़रा उतर देखूं

तलाश में हैं उसी दिन से मंज़िलें मेरी
मैं खुद में ठहरा हुआ जबसे इक सफ़र देखूं।

मेरे सुकून का कब पास अक्ल ने रक्खा
सहर के साथ ही मैं तपती दोपहर देखूं।

नीरज

जन्म : 4 जनवरी, 1925 (ग्राम-पुरावली, इटावा, उ.प्र.)

प्रकाशन : संघर्ष (1944), अंतर्ध्वनि (1946), विभावरी (1959), प्राणगीत (1951), दर्द दिया है (1955), बादर बरस गयो (1956), गीत भी अगीत भी (1960), नदी किनारे (1961), लहर पुकारे (1962), कारवां गुज़र गया (1962), तुम्हारे लिए (1963), फिर दीप जलेगा (1970), नीरज की गीतिकाएं (1992), बंशीवट सूना है (1994), नीरज रचनावली-तीन खंड (1994), नीरज दोहावली (2002), हमारे लोकप्रिय गीतकार-गोपालदास नीरज (सं. शेरजंग गर्ग), बादलों से सलाम लेता हूं (2004), पंत : काव्य-कला और दर्शन, नीलपंखी (मौरिस मैटलिंग के नाटक ब्ल्यू बर्ड का अनुवाद), लिख-लिख भेजत पाती (पत्र-संकलन)

आदि के अतिरिक्त अनेक पुस्तकों का संपादन।

सम्मान : महामहिम राष्ट्रपति द्वारा 'पद्मश्री' तथा 'पद्मभूषण' के साथ ही टैगोर वाचस्पति (जयपुर), साहित्य वाचस्पति (साहित्य सम्मेलन, प्रयाग), विद्या वाचस्पति (विक्रमशिला हिंदी विद्यापीठ, भागलपुर), डी-लिट्. (मानद) बी.आर. अंबेडकर विश्वविद्यालय तथा लखनऊ विश्वविद्यालय द्वारा, सर्वश्रेष्ठ गीतकार का फ़िल्म फेयर अवार्ड-1969, हिंदी संस्थान सम्मान (21,000/-), हिंदी-उर्दू अकादमी सम्मान (10,000/-), उ.प्र. सरकार का यशभारती सम्मान-94 (एक लाख रुपए), उ.प्र. हिंदी संस्थान का हिंदी गौरव सम्मान- 2004 (दो लाख रुपए) के साथ ही असंख्य राष्ट्रीय अंतर्राष्ट्रीय सम्मान व सम्मानोपाधियां।

विशेष : सन् 1942 से 1955 (सरकारी-ग़ैर सरकारी) सेवाओं के पश्चात् सन् 1955 से सन् 1970 तक स्नातकोत्तर मेरठ महाविद्यालय, धर्मसमाज महाविद्यालय अलीगढ़ में अध्यापन। मंगलायतन यूनिवर्सिटी के वाइस चांसलर। उ.प्र. भाषा आयोग के पूर्व अध्यक्ष।

फ़िल्म : प्रेम पुजारी, कन्यादान, शर्मीली, पहचान, मेरा नाम जोकर आदि

		शताधिक फ़िल्मों में गीत-लेखन, जिनमें से अधिकांश अत्यधिक लोकप्रिय।
विदेश यात्राएं	:	अमेरिका, कनाडा, आस्ट्रेलिया, यू.के., नेपाल आदि विश्व के प्रायः उन सभी देशों की काव्य-यात्रा जहां कि हिंदी के साथ, हिंदी-कविता की पहुंच है।
संपर्क	:	47, जनकपुरी, मैरिस रोड, अलीगढ़-202127
मोबाइल	:	09412671777

गीत तो अस्तित्व का नवनीत है

गीत तो अस्तित्व का नवनीत है,
ध्वनि-रहित ध्वनि का अमर संगीत है।

वो परात्पर ब्रह्म की है आत्मा
और उसकी श्रृपि लय है प्रियतमा
आदि तो है किंतु वो न व्यतीत है
गीत तो अस्तित्व का नवनीत है।

ताल है वो काल दिक् की चाल की
सत्य शिव सौन्दर्य की है पालकी
बो रस-ध्वनि रूप रंग पुनीत है
गीत तो अस्तित्व का नवनीत है।

वो रहे तो तार में झंकार है
वो नहीं तो हर सृजन निस्सार है
श्रेय के संग प्रेय-प्रेयसि प्रीति है
गीत तो अस्तित्व का नवनीत है।

वो अनय के वास्ते अंगार है
और नय के हेतु रस की धार है

धर्म की अपधर्म पर वो जीत है।
गीत तो अस्तित्व का नवनीत है।

हर हृदय की धड़कनों का प्राण है
गान उसका पुण्य तीरथ स्नान है
ऊष्मा है वो कभी तो शीत है
गीत तो अस्तित्व का नवनीत है।

ठाठ है फकीरी अपना जनम जनम से

गली-गली सपने बेचे, बांटे सितारे
खाली हाथ सौदा करें सांझ संकारे
ठाठ है फकीरी अपना जनम-जनम से।

कोई नहीं मंजिल अपनी, कोई ना ठिकाना
प्यार भरी आंखों में है अपना आशियाना
धरम-करम कोई नहीं हमें बांध पाये
अपने गांव में भी रहे होके हम पराये
बंधनों से नहीं हम तो बंधते कसम से
ठाठ है फकीरी अपना जनम-जनम से।

वेद न कुरान बांचे, ली न ज्ञान दीक्षा
सीखी नहीं भाषा कोई, दी नहीं परीक्षा,
दर्द रहा शिक्षक अपना, दुनिया पाठशाला
दुःखों की किताब, जिसमें आंसू वर्णमाला।
लिखना तुम कहानी मेरी, दिल की कलम से
ठाठ है फकीरी अपना, जनम जनम से।।

कांटे फूल जो भी मिले, माला में पिरोये
खुद को देखा हंसी आई जग को देखा रोये

अमृत जहर जो भी मिला, सबसे भरा प्याला
दिल जलाके हमने किया दुनिया में उजाला
फूल हम खिलाते चले कदम कदम से
ठाठ है फकीरी अपना, जनम जनम से।।

काम रहा अपना यारो! सिर्फ दिल चुराना
रोज-रोज जाके आंखें मौत से लड़ाना
मस्तियों के नाम लिख दी सारी जिन्दगानी
हमसे ही है कायम अब तक गीतों की जवानी
मौत से न मरते हम तो, मरते शरम से
ठाठ है फकीरी अपना, जनम जनम से।।

जवानी है कलम मेरी

जवानी है कलम मेरी, मुहब्बत रोशनाई है।
मैं वो शायर हूं जिसकी जिन्दगी ही इक रूबाई है।

जलाकर खुद को दुनिया में उजाला कर रहा हूं मैं
हरेक सूनी हथेली पर सितारे धर रहा हूं मैं
है मेरे यार सब आंसू, गमों से आशनाई है
मैं वो शायर हूं जिसकी जिन्दगी ही इक रूबाई है।

किसी भी जुल्म के आगे नहीं झुकती कलम मेरी
भले ही बक्त रुक जाए नहीं रुकती कलम मेरी
लगाकर दांव मुझसे मौत ने भी मात खाई है
मैं वो शायर हूं जिसमें जिन्दगी ही इक रूबाई है।

सितारे जिनसे नाखुश हैं उन्हें मैं रोशनी दूंगा
जो जीने को तड़पते हैं, उन्हें मैं ज़िंदगी दूंगा
जमाने को बदलने की, कसम मैंने उठाई है
मैं वो शायर हूं जिसमें ज़िन्दगी ही इक रूबाई है।

हम तो मस्त फकीर

हम तो मस्त फकीर, हमारा कोई नहीं ठिकाना रे!
जैसा अपना आना प्यारे! वैसा अपना जाना रे!
रामघाट पर सुबह गुजारी,
प्रेमघाट पर रात कटी,
बिना छावनी बिना छपरिया
अपनी हर बरसात कटी।
देखे महल दुमहले कितने, उनमें ठहरा तो समझा
कोई घर हो भीतर से तो हर घर है वीराना रे!
हम तो मस्त फकीर हमारा कोई नहीं ठिकाना रे!
औरों का धन सोना-चांदी
अपना धन तो प्यार रहा
दिल से जो दिल का होता है,
वो अपना व्यापार रहा
हानि लाभ की वो सोचे, जिनकी मंजिल धन-दौलत हो!
हमें सुबह की ओंस सरीखा लगा नफा-नुकसाना रे!
हम तो मस्त फकीर हमारा कोई नहीं ठिकाना रे!
कांटे फूल मिले जितने भी
स्वीकारे पूरे मन से
मान और अपमान हमें सब
दौर लगे पागलपन के

कौन गरीबा कौन अमीरा, हमने सोचा नहीं कभी
सबका एक ठिकाना, लेकिन अलग-अलग है जाना रे
हम तो मस्त फकीर, हमारा कोई नहीं ठिकाना रे!

सबसे पीछे रहकर भी हम,
सबसे आगे रहे सदा
बड़े-बड़े आघात समय के,
बड़े मजे से सहे सदा!

दुनिया की चालों से बिल्कुल, उल्टी अपनी चाल रही रे!
जो सबका सिरहाना है रे! वो अपना पैताना रे!
हम तो मस्त फकीर, हमारा कोई नहीं ठिकाना रे!

जीवन है ये संगम रिश्तों का

जीवन है ये संगम रिश्तों का,
कभी बने ये शाप उम्रभर का,
कभी बने वरदान फरिश्तों का,
जीवन है ये संगम रिश्तों का।

इस संगम में सभी नहाएं
चाहे डूबे या उतराएं
क़र्ज चुकाना पड़े सभी को, सांस की किश्तों का
जीवन है ये संगम रिश्तों का।

इक तट पर है दुःख का रेला,
इक तट पर है सुख का मेला,
इन दोनों के बीच महल है, ताश के पत्तों का
जीवन है ये संगम रिश्तों का।

इस संगम पर जितने आए
सबने अनगिन स्वप्न सजाए
पता नहीं है लेकिन अब उनकी फेहरिश्तों का
जीवन है ये संगम रिश्तों का।

मिलन विरह हैं दो धाराएं
कभी हंसाएं-कभी रूलाएं
आंसू और हंसी लेखा है सबके वस्तों का
जीवन है ये संगम रिश्तों का।

कोई प्यासे मरे यहां पर
कोई भूखे रहे यहां पर
मिले न सबको स्वाद यहां पर काजू पिश्तों का
जीवन है ये संगम रिश्तों का।

दिल के काबे में नमाज़ पढ़

दिल के काबे में नमाज़ पढ़, यहां-वहां भरमाना छोड़।
सांस-सांस तेरी अज़ान है, सुबह शाम चिल्लाना छोड़।
उसका नूर न मस्जिद में है
उसकी ज्योति न मंदिर में
जिस मोती को ढूंढ़ रहा तू,
वो है दिल के समुन्दर में।
मन की माला फेर, हाथ की यह तस्वीह घुमाना छोड़।
दिल के काबे में नमाज़ पढ़, यहां-वहां भरमाना छोड़।
जो कुछ बोले हैं पैगम्बर,
वही कहा सब संतों ने,
लेकिन उसके मानी बदले
सारे भ्रष्ट महन्तों ने।
पंडित-मुल्ला सब झूठे हैं, इनसे हाथ मिलाना छोड़।
दिल के काबे में नमाज़ पढ़, यहां-वहां भरमाना छोड़।
ख़ुदा ख़लक़ से अलग नहीं है,
इसमें ही वो समाया है,
जैसे तुझमें ही पोशिदा,
तेरा अपना साया है।
दुनिया से मत दूर भाग, बस खुद से दौड़ लगाना छोड़।
दिल के काबे में नमाज़ पढ़, यहां-वहां भरमाना छोड़।

पूजा पाठ, नमाज-जाप
सब छलना और दिखावा है
दिल है तेरा साफ तो
तेरा घर ही काशी काबा है।
मकड़जाल है ये सब जग के, इनका ताना-बाना छोड़।
दिल के काबे में नमाज़ पढ़, यहां-वहां भरमाना छोड़।
तू ही तो संसारी है रे
और तू ही संसार भी है,
कैदी तू ही जेल भी तू ही
तू ही पहरेदार भी है।
तीन गुनों वाली रस्सी में, अब तो गांठ लगाना छोड़।
दिल के काबे में नमाज़ पढ़, यहां-वहां भरमाना छोड़।

ये प्यासों का प्रेम नगर है

ये प्यासों का प्रेम नगर है, यहां संभल कर आना जी!
जो भी आए यहां, किसी का हो जाए दीवाना जी!
ऐसा बरसे रंग यहां पर
जनम-जनम तक मन भींगे,
होली बिना चुनरिया भींगे
सावन बिना भवन भींगे।
ऐसी बारिस होय यहां पर, बचे न कोई घराना जी!
ये प्यासों का प्रेम नगर है, यहां संभल कर आना जी!
यहां न झगड़ा जाति-पांति का,
और न झंझट मजहब का,
एक ही सबकी प्यास यहां पर,
एक ही है प्याला सबका।
यहां पिया से मिलना हो तो, परदे सभी हटाना जी!
ये रसिकों का प्रेमनगर है, यहां संभलकर आना जी
जो भी आए यहां, किसी का हो जाए दिवाना जी!
यहां दुई की सूई न चुभती
घुले बताशा पानी में,
पहने ताज फकीर घूमते,
मौला की राजधानी में

यहां नाव में नदिया डूबे, सागर सीप समाना जी!
ये मस्तों का प्रेम नगर है, यहां संभलकर आना जी!
जो भी आए यहां, किसी का हो जाए दिवाना जी!

यहां न कीमत कुछ पैसों की,
कीमत सिर्फ सुगंधों की,
छुपे हुए हैं लाख रतन,
इस गुदड़ी में पैबन्दों की।

हर कोई बिन मोल पिए वो खुला यहां मैखाना जी!
ये रिन्दों का प्रेम नगर है, यहां संभलकर आना जी!
जो भी आए यहां किसी का हो जाए दिवाना जी!

चार धाम का पुण्य मिले
इस दर पर शीश झुकाने में,
मजा कहां वो जीने में,
जो मज़ा यहां मर जाने में।

हाथ जोड़कर मौत यहां पर, चाहे खुद मर जाना जी!
ये ओशो का प्रेम नगर है, यहां संभलकर आना जी!
जो भी आए यहां किसी का हो जाए दिवाना जी!

गीत

एक आग है, एक चिलम है, अपना एक नशा है रे!
बाल फ़कीरे! सिवा नशे के अपना कौन सगा है रे!
नशा जो उतरे दुनिया दीखे,
दुनिया दीखे दो रूख की,
नाटक होवे जनम-मरण का
लगे नुमायश सुख-दुख की,
भेद मिटे ये तब जब दिल से हटे दुई का परदा रे!
एक आग है, एक चिलम है, अपना एक नशा है रे!
जिसमें जितनी आग भरी है
उसमें उतना पानी है
जिसमें जितना पागलपन है
उतना ही वो ज्ञानी है,
शास्त्र ज्ञान कहते जिसको वो पाला हुआ सुआ है रे!
एक आग है, एक चिलम है, अपना एक नशा है रे!
इतनी ज़ोर से फूंक चिलम को
लौ जा मिले सितारों से
ऐसा उगे प्रकाश ज्योति का
झरना झरे पहाड़ों से,
जो बन गया प्रकाश उसी का जीवन हुआ सफल है रे!
एक आग है, एक चिलम है, अपना एक नशा है रे!

पाप-पुण्य और भला-बुरा तो
केवल बस मन का भ्रम है,
आना-जाना, खाना-पीना
ये तो यात्रा का क्रम है,
मुक्त हुआ यात्रा से जिसने पूरा किया नशा है रे!
एक आग है, एक चिलम है, अपना एक नशा है रे!

बिन धागे की सुई ज़िन्दगी

मेरा जीवन बिखर गया है, तुम चुन लो कंचन बन जाऊं।

तुम पारस, मैं अयस अपावन,
तुम अमरित, मैं विष की बेली,
तृप्ति तुम्हारी चरणन चेरी,
तृष्णा मेरी निपट सहेली,

तन-मन भूखा, जीवन भूखा,
सारा खेत पड़ा है सूखा,
तुम बरसो घनश्याम तनिक तो
मैं अषाढ़-सावन बन जाऊं।
मेरा जीवन बिखर गया है...

यश की बनी अनुचरी प्रतिभा,
बिकी अर्थ के हाथ भावना,
काम-क्रोध का द्वारपाल मन,
लालच के घर रेहन कामना,

अपना ज्ञान न जग का परिचय,
बिना मंच का सारा अभिनय,
सूत्रधार तुम बनो अगर तो
मैं अदृश्य दर्शन बन जाऊं।
मेरा जीवन बिखर गया है...

बिन धागे की सुई ज़िन्दगी,
सिये न कुछ, बस चुभ-चुभ जाये,
कटी पतंग-समान सृष्टि यह
ललचाये पर हाथ न आये,

रीती झोली, जर्जर कन्था,
अटपट मौसम, दुस्तर पन्था,
तुम यदि साथ रहो तो फिर मैं
मुक्तक रामायण बन जाऊं।
मेरा जीवन बिखर गया है...

बुदबुद तक मिटकर हिलोर इक
उठा गया सागर अकूल में,
पर मैं ऐसा मिटा कि अब तक
फूल न बना, न मिला धूल में,

कब तक और सहूं यह पीड़ा,
अब तो ख़त्म करो प्रभु! क्रीड़ा,
इतनी दो न थकान कि जब तुम
आओ, मैं दृग खोल न पाऊं।

मेरा जीवन बिखर गया है, तुम चुन लो कंचन बन जाऊं।

मैं पीड़ा का राजकुंवर हूं

मैं पीड़ा का राजकुंवर हूं, तुम शहज़ादी रूपनगर की
हो भी गया प्यार हम में तो बोलो मिलन कहां पर होगा?
मीलों जहां न पता ख़ुशी का
मैं उस आंगन का इकलौता,
तुम उस घर की कली जहां नित
होठ करें गीतों का न्यौता,
मेरी उमर अमावस काली और तुम्हारी पूनम गोरी
मिल भी गई राशि अपनी तो बोलों लगन कहां पर होगा?
मैं पीड़ा का...
मेरा कुर्ता सिला दुखों ने
बदनामी ने काज निकाले
तुम जो आंचल ओढ़े उसमें
नभ ने सब तारे जड़ डाले
मैं केवल पानी ही पानी तुम केवल मदिरा ही मदिरा
मिट भी गया भेद तन का तो मन का हवन कहां पर होगा?
मैं पीड़ा का...
मैं जन्मा इसलिए कि थोड़ी
उम्र आंसुओं की बढ़ जाए
तुम आई इस हेतु कि महंदी
रोज़ नये कंगन जड़वाए,

तुम उदयाचल, मैं अस्ताचल तुम सुखान्तकी, मैं दुखान्तकी
जुड़ भी गये अंक अपने तो रस-अवतरण कहां पर होगा?
मैं पीड़ा का...

इतना दानी नहीं समय जो
हर गमले में फूल खिला दे,
इतनी भावुक नहीं ज़िन्दगी,
हर ख़त का उत्तर भिजवा दे,
मिलना अपना सरल नहीं है फिर भी यह सोचा करता हूं
जब न आदमी प्यार करेगा जाने भुवन कहां पर होगा?
मैं पीड़ा का...

सारा जग मधुबन लगता है

दो गुलाब के फूल छू गये जब से होंठ अपावन मेरे
ऐसी गन्ध बसी है मन में सारा जग मधुबन लगता है।
रोम-रोम में खिले चमेली
सांस-सांस में महके बेला,
पोर-पोर से झरे मालती
अंग-अंग जुड़े जुही का मेला
पग-पग लहरे मानसरोवर, डगर-डगर छाया कदम्ब की
तुमने क्या कर दिया उमर का खंडहर राजभवन लगता है।
दो गुलाब के फूल...
छिन-छिन ऐसा लगे कि कोई
बिन रंग के खेले होली,
यूं मदमाये प्राण कि जैसे
नई बहू की चन्दन डोली
जेठ लगे सावन मनभावन और दुपहरी सांझ बसन्ती
ऐसा मौसम फिरा धूल का ढेला एक रतन लगता है।
दो गुलाब के फूल...
जाने क्या हो गया कि हरदम
बिना दिये के रहे उजाला,
चमके टाट बिछावन जैसे
तारों वाला नील दुशाला

हस्तामलक हुए सुख सारे दुख के ऐसे ढहे कगारे
व्यंग्य-बचन लगता था जो कल वह अब अभिनन्दन लगता है।
दो गुलाब के फूल...

तुम्हें चूमने का गुनाह कर
ऐसा पुण्य कर गई माटी
जनम-जनम के लिए हरी
हो गई प्राण की बंजर घाटी

पाप-पुण्य की बात न छेड़ो स्वर्ग-नर्क की करो न चर्चा
याद किसी की मन में हो तो मगहर वृन्दावन लगता है।
दो गुलाब के फूल...

तुम्हें देख क्या लिया कि कोई
सूरत दिखती नहीं पराई
तुमने क्या छू दिया, बन गई
महाकाव्य गीली चौपाई

कौन करे अब मठ में पूजा, कौन फिराये हाथ सुमरिनी
जीना हमें भजन लगता है, मरना हमें हवन लगता है।
दो गुलाब के फूल...